故事造型師

老編輯談寫作的技藝

SELF-EDITING FOR FICTION WRITERS
SECOND EDITION

蕾妮・布朗 Renni Browne & 戴夫・金恩 Dave King——著
尹萍——譯

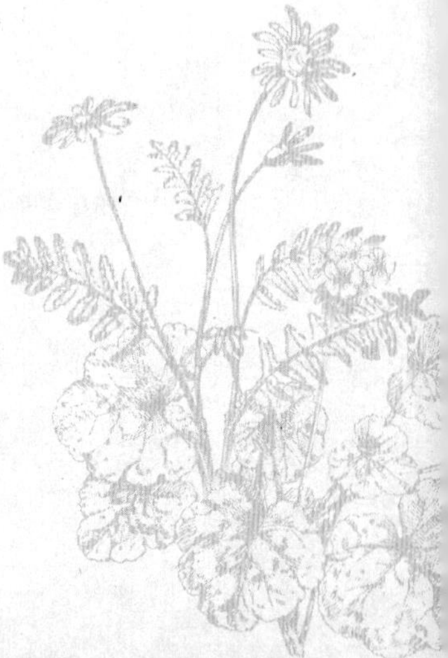

致讀者：

《故事造型師》一九九三年在美國首度出版時，是為所有小說作者而寫。然而因為本書特性與其他寫作書迥異，才一出版，便受到所有出版人、文學編輯與文字工作者的擁戴。時至今日，只要你想用「故事體」寫作，它便可以幫你把心中的好素材，落實在紙上，成為一個好看的故事。

——雲夢千里編輯部

推薦序

一本陪著作者修練的書

六年前，我在一種無助且憤怒的心緒之下，翻開了這本《故事造型師》。憤怒的理由很簡單。我花了一年多的時間，跟許多個邊敲鍵盤邊落淚的夜晚，寫出一部長篇小說。想當然爾這故事先感動了我自己，幾位朋友也都說喜歡，然後，在某個大雪紛飛的冬夜，老公拾起散落在地板上的文稿，讀了一陣子，忽地抬頭問我，這故事在講什麼？

「兩個人足足花了七年，才終於從『非常談得來』的網友，進化成『非常談得來』的伴侶。」我回。

「看不出來。」他如此置評。

「這話什麼意思？哪裡看不出來！」我口氣開始不好了。

可想而知，那夜剩下來的時間，統統化成爭辯。而吵到凌晨，現實逐漸水落石出，我腦子裡的好故事，化做文字，並未成為一個好看的故事。

為什麼？

冷靜下來後，我嘗試著從老公的嘴裡多挖點東西，但他只能模模糊糊說出感覺——縱觀整篇，我的小說理當要給人一種悠遠綿長的韻味，像是聆聽交響詩，然而很不幸，讀起來完全不是這麼一回事。

「文字不夠優雅？」我問。

「不太是……」他想了想，補充解釋：「每句單獨看都是好的，加起來不行。」

這句話聽著有點耳熟，我默然片刻，翻出以前大學寫作中心講師發的參考書單，訂購了一本修稿指南。三天後，我坐在桌前，對著那本書的第一章苦笑……居然，我的小說之所以沒韻味，問題不在故事本身，而在於我的寫作習慣。

我喜歡寫對話，所以不但男女主角永遠像電影《愛在黎明破曉時》般聊個不停，就連路人甲跟路人乙在一旁討論天氣，也往往會出現長達一頁半的對話，鏡頭才往下一幕邁進。

當然，在寫的時候我努力讓路人甲跟路人乙讀起來風趣幽默，所以讀者開頭會容忍，但次數一多，無論怎樣都會讓人想快轉。我在該輕輕一筆帶過的地方，浪費太多濃彩重墨，以至於抵達高潮處，看的人早已經彈性疲乏，文字再好故事再精妙都沒有用，大家覺得煩，甚至於有時候還被誤導，以為路人是重要角色，因此愈看愈莫名其妙。

也就是說，在故事的進程中，我不懂何時該講得活靈活現，讓讀者身臨其境，而何時該簡單交代，讀者不必管路人甲乙丙丁對天氣的高見，只需知曉劇情背景，便迅速前進至下一步。

換言之，我不懂何時該「演」，何時該「說」。而這正是《故事造型師》第一章的重點，同時，也是所有文字工作者都該具備、卻幾乎沒人提的基本功。

這太糟了，必須改。

我先試著刪去瑣碎的對白，發現有效果，但離期待還遠。於是改到最後，我幾乎是以打掉重來的方式，改寫了整部小說。而在過程中，我又回頭重讀《故事造型師》好幾遍，其中有一章自覺受用匪淺，在此特別推薦，那就是第六章「用耳朵改稿」。

乍見章名，應該一定有人跟我一樣，心裡會先愣一下，然後想著不對吧，又不是作詩作詞，講究韻腳，才需要朗讀。把自己寫的小說念出聲，感覺有點丟臉呢。

我於是抱著這種半信半疑的心態看完整章，半信半疑拿起桌上的《倚天屠龍記》，半信半疑地開始念。很快我就發覺不但念得很順，還愈念愈投入，有種自己正在說書的錯覺。

這也許是武俠小說的特點，我於是將手中書換成《盜墓筆記》，再來念。就這樣，一路試了子敏、琦君、《紅樓夢》跟《西遊記》，念過一個多小時，最後我不得不承認，這些膾炙人口的作品，統統擁有很棒的聲音。而即便是翻譯小說，只要找到好的譯本，那聲音也都能直指人心。

為什麼會這樣？心理學理論也許能提供解釋，但對我而言，從此耳朵成了寫作的利器，我常常寫一段，然後大聲念出來，如果有某些地方，舌頭特別容易打結，不用懷疑，那段絕對是寫壞了，該刪或重寫。

就這樣，《故事造型師》這本書成了我心中的一把尺，幫我衡量自己的稿子。雖然直到最後，紙上的完成品依然不及腦海中的那麼好，但起碼故事的節奏出來了，以一種自在的步調走著。出版之後有讀者表示，看起來很輕、很舒服。我想握著她的手說謝謝，真的，所有辛苦，在那一刻，都化作值得。

然而，在道出這聲「值得」之前，辛苦必不可免。身為作者，想寫出流暢卻又言之有物的故事，大概就要有芭蕾舞者想跳出黑天鵝三十二圈鞭轉的覺悟。無數次揮汗如雨的苦練，才能換來台上輕若鴻毛、台下觀眾目不轉睛的一幕。

《故事造型師》是一本陪著作者修練的工具書，如果你不靠文字為生，這本書對你就純然無用。但人生有多少次，你需要打份底稿，說個小故事以介紹一項產品、介紹一個新觀念、甚至於介紹自己，給陌生人知？

而在你開始拿起筆，或者開始敲鍵盤的時候，這本書就開始有用。

懷觀

故事造型師——目錄

作者再版序

要找出手稿中有待改進之處，最好的方法，絕對是換雙眼睛來看。我們總是建議客戶把稿子放在抽屜裡，過一陣子再讓自己用不同的眼光來看。我們是不屬於任何出版社的獨立編輯，而我們的專業，便是充當作者的另一雙眼睛，幫他們找出他們自己看不到的問題，給予深入且詳盡的意見。

如今，輪到我們自己需要另一雙眼睛了。《故事造型師》面世已經很多年，託天之幸，地位與《如何成為小說家》（*On Becoming a Novelist*）、《寫作法寶》（*On Writing Well*）、《風格的要素》（*The Elements of Style*）等寫作經典不相上下。這些年裡，我們接到很多迴響，有的人直接告訴我們想法，有的粉絲寄手稿來請我們改。我們漸漸發現這本書還可以精益求精，比方說，在第一版裡，我們花了許多篇幅解釋哪些情況不該描寫人物的情緒，卻太少談什麼情況應該描寫人物的情緒。結果我們看到很多聽話的讀者刪光了手稿中對人物情緒的描寫，不符合故事的需求也不適合小說的風格。二版在這方面補足了，《故事造型師》因此比以前更好。

這麼些年來，各大出版社仍然不肯花時間修稿，有的稿件在寫作上雖然有瑕疵，但只要修改一下就很值得出版了，卻被輕率地退稿。審稿編輯總是工作過重，也往往訓練不足，出版社也不鼓勵他們修稿，編輯以藍筆改稿的悠久傳統已經消失，至少大出版社不再這麼做了，所以本書現在比以往更切合社會的需求。

至於出版界的新作法，例如自費出版電子書與按需印刷等，固然給本來無緣見天日的作品一個出頭機會，但是太多人利用這非傳統管道出書的結果是，縱然出了書，卻很容易湮沒在無邊書海中，照樣不見天日。要想鶴立雞群，你非得把作品琢磨得銳利非凡不可。

這也就是說，你得學會自己修稿。

當然你可以聘請獨立編輯來幫你——我們當獨立編輯的，雖然各人有各人的偏見，卻是你把稿子改好的最佳途徑。但即使你聘請了專家，你還是希望稿子送交給專家看之前，先盡量弄到最好。你自己能做的，何須勞煩別人？**【編按：台灣沒有像本書作者這樣、專為創作者提供修稿顧問諮詢的獨立編輯這一行，所以我們這邊的作者別無選擇，只能自立自強。】**

你也可以加入作者團體，讓別的創作者批評你的稿本。不幸的是，作家團體有時候造成的傷害大於幫助。創作和寫作是兩種不同的技巧，作家團體往往要你改成他們想要的那種作品，而非你想要寫的。最佳方案仍然是自己來。

而要學會將作品琢磨得銳利非凡，最好還是跟老編學，這正是本書要教你的。我們不教你怎麼布局、怎麼發展角色，我們要教你的是寫作技藝：場景的鋪陳、對話、觀點、內心的獨白；簡略的陳述與細描的場景，應如何搭配互補，以達成最佳效果；怎樣傳達人物的個性，卻不致讓讀者感到突兀；怎樣讓你的文稿看起來出自方家手筆而非外行習作。

我們要訓練你用行家的眼光看稿，做自己的故事造型師，就像我們常為客戶所做的一樣。

警告在先：創作和寫作是兩種不同的技藝，需要兩種不同的心態。不要同時做這兩件事。寫初稿的時候不可琢磨文筆，要等初稿完成，你才可以運用本書所教的原則，大幅提升你說故事的效果，抹除生手的痕跡，讓你的稿子具備行家優勢。

換言之，你將能藉著寫作手法，讓作品出版面世。

1·「演」和「說」

請讀下面這段，你看得出哪裡有問題嗎：

> 打從開始閒聊起，我就意識到大多數賓客幾乎完全不認識這場派對的主辦人。他像一個謎，神祕難解，而客人們則熱愛猜謎遊戲。才聊不到五分鐘，我就聽到好幾個人對主人的身分背景提出自己的理論，各家說法聽起來都在荒謬中帶著一絲可能性。每個人都熱心為自己的理論辯護，卻也都顯然毫無證據。似乎許多客人根本是為了談論主人，才特地前來赴宴。

從表面上來看，文意是流暢的，文法也沒有問題，而就描述一個派對主人神祕兮兮的故事片段而言，整個經過不但清楚明白，文字還稱得上頗具風格。

現在讓我們再回到這段情節的原作，也就是《大亨小傳》。讓我們看看費滋傑羅是以何種形式，描繪出一個派對上，愛八卦的賓客們是怎樣聚在一起，熱烈討論神祕的東道主（也就是大亨蓋茨比）：

> 「我還滿喜歡來這裡的。」露西爾說：「不過我人比較隨和啦，玩什麼

都開心。上次來的時候我的禮服被椅子撕破，之後他問了我的姓名地址，結果還不到一個禮拜，克蘿莉禮服店就寄了個包裹給我，裡面是一件嶄新的晚禮服。」

「你收下了？」喬丹問。

「當然收啊。我本來打算今晚穿過來的，可是胸部那邊太寬得改。灰藍色，鑲有紫色珠珠，標價兩百六十五美金。」

「男人做這種事很怪耶。」另一個女孩熱烈回應：「他不想跟任何人處不好的樣子。」

「妳們在講誰？」我問。

「蓋茨比。有人跟我說——」

那兩個女孩與喬丹神祕兮兮地把頭靠了過來。

「有人跟我說，大家都猜他殺過人。」

我們所有人都感到一陣驚悚。那三個之前不肯講清楚自己姓名的男人也湊了過來，專心聽他們談話。

「我認為事情不是這樣。」露西爾抱持懷疑的態度反駁：「比較可能的是他在戰時當過德國間諜。」

三個男的之中，有一個點頭表示附和。

「我也這麼聽說。告訴我的那個人從小跟他一起在德國長大，對他的底細一清二楚。」他肯定地向我們證實。

「才不是這樣。」第一個女孩說：「不可能，因為大戰的時候他正在美國部隊裡當兵啊。」我們轉而傾向相信她的話，於是這個女孩身子前傾，滿懷熱誠地又說：「你們可以趁他以為沒人在看他的時候觀察他，我賭他殺過人。」

很顯然，針對同一套情節，《大亨小傳》跟本章開頭那段文字，採用了截然不同的兩種表現方式。那麼，就故事效果而言，差異在哪裡？

答案如下：開頭那段，僅僅把一小段故事給「說」了出來，作者單純只告訴讀者發生了什麼事，沒有具體的人物與畫面。原文不同，原文用「演」的，讀者彷彿親眼目睹賓客緊張地講出自己的理論，也可以感受到在場聆聽者的迫切。

換言之，開頭那段是二手報導，而《大亨小傳》則帶領讀者親臨事發現場。

這種用文字帶給讀者親身體驗的寫法，在寫作的專業領域裡，被稱為「場景」法，我們可以說，《大亨小傳》寫出了一個場景。

什麼是場景？要素之一是故事得在讀者眼前發生。不管你寫的是一群人討論伍迪艾倫的電影，或是一個男人正逃離刺客追殺，又或是一個女人躺在原野裡思索生命的意義，你必須要讓讀者親眼目睹事情是如何發展開來的，讓讀者產生一種他就站在事發現場的感覺，而非事後聽人轉述。

這邊有一點要先澄清，這個「事發現場」也可以是故事裡的過去，只要掌握住技巧，你完全可以讓角色回顧既往，而讀者仍然彷彿看到事情就在面前上演。

場景通常包含了場面描述，有具體的地點說明，讓讀者可以想像。在維多利亞時代的小說裡，場面的描述往往詳盡到令人煩厭的地步。現在的文學講究精簡俐落，你給讀者的細節只要剛好夠他們發動想像就可以了，其餘部分讓他們自己去腦補吧。

場景也包含某種行動，也就是要有事情發生。比方說，瑪麗殺了哈利，或是哈利與瑪麗大打出手。當然，許多場景通常只是對話而已，但即使在對話式的場景裡，你最好還是不時寫一點肢體動作，提醒讀者這些人物在哪裡、做什麼——

這我們叫做「小動作」，第八章會詳細討論。

能用場景法「演」出來的故事，一定也能用敘述「說」出來。然而，因為要寫出場景通常比較難，所以很多人寫故事會過分依賴敘述，結果是頁復一頁甚至章復一章的敘述，就像本章一開頭那段文字一樣，很清楚，甚至有風格，但是沒有具體的畫面，沒有具體的人物，也沒有對白。

討論到這裡，我們必須告訴你一點關於「演」和「說」這兩種寫故事技巧的歷史與演化。大約在一個世紀以前，用敘述法寫故事還廣為大眾所接受，而且是種常態。比方說亨利．詹姆士（Henry James）就至少有一整本小說，幾乎全都用敘述法寫成。但到了近代，電影和電視的影響力愈來愈大，現在的讀者即使是讀本藝術家自傳，也會不自覺期待看到一幕又一幕連續刺激的場景，單純的敘述不再吸引人了。

然而，引人入勝卻正是每個作者亟欲達成的目標，因此我們強烈建議你，多多利用繪影繪聲的場景來鋪陳故事。想吸引讀者進入你所創造的世界嗎？你別無選擇，二手報導式的敘述法，無法達到吸引人的目標，你得把讀者帶到現場才行。

我們曾幫一位客戶修改他的小說，故事講的是律師事務所裡，有位新進律師帶頭與資深合夥人意見不合。作者在第一章裡，介紹了這位新進律師和他的兩位同事，描寫他們去事務所應徵，由資深合夥人主持面談。整個面談過程完全以敘述方式帶過，作者僅僅告訴讀者，事務所想聘怎樣的新人，描寫了應徵者的背景，也解釋了事務所為何決定錄用這幾個人。雖然作者在敘述中加了幾句面談時的對話，但讀者既無從得知是誰在對新人說話，也不曉得面談在何處舉行，想像不出那景象。

對任何小說而言，第一章都不宜以敘述帶過——因為你希望愈早吸引住讀者愈好。所以我們建議作者把面談過程改寫成場景，地點就設在資深合夥人的辦公室，幾位合夥人和幾位應徵者之間有長段交談。這麼一來，讀者比較清楚來應徵的是何許人、資深合夥人又有怎樣的幽默感和好脾氣。照著這方向修稿，完成之後，故事的開頭比原先好看多了。

透過場景把故事「演」給讀者看，不僅讓你的故事更有臨場感，還能讓你的文字透明，彷彿不存在。

最外行的寫作就是把讀者從故事引開，轉而注意到作者本身。你應該要把讀者緊緊包在故事裡，根本感覺不到你這個創作者的存在，可是你一旦開始用敘述，尤其是長篇大論地講述，故事就不像故事，倒像是作者現身對讀者發表起演講來了。用講述法說明情節尤其會給人這種感覺。想像你在看一本小說，沒有對白，只有長段長段的篇幅向你說明人物的過去、故事的前情、以及作者認為讀者非知道不可的資訊——這些東西就算沒讓讀者睡著，也會讓人恢復理智，而身為作者，你本來是希望他們投入情緒的。

當然，有時候你不得不用講述的方式，尤其如果你寫的是歷史小說或科幻小說，這兩種類型都需要先做大量的背景說明，才可能一步步讓讀者投入情緒。不過，你恐怕想不到，有非常多的背景說明都可以換成用場景來呈現。比方說，與其由作者以敘述來講解哈斯戴家族的光輝歷史，不如讓哈斯戴爵士現身賓客前，指著牆上的祖先肖像解說家族史。又比如，要解釋《星際大爭霸》裡拉奴人的社會組成，與其引述《銀河戰星百科全書》，不如乾脆把讀者空降到那個社會當中，讓他們在那裡奮鬥求生，反而更快，也更能理解一個外星社會。

有一回，我們幫客戶修改一部關於大作曲家韋瓦第的小說。不用說，故事的時空當然是設在韋瓦第的年代，也就是十八世紀的威尼斯。因此，讀者得先瞭解一些巴洛克時代威尼斯社會的細節，才能看懂整個故事。但因故事是藉由韋瓦第某個女學生的回憶來呈現，所以作者很難把這些資訊放進去。你想，這女學生有什麼理由忽然跳去解釋她所處的社會呢？在她看來，當然人人都該曉得什麼是「獅子口」，也都知道名字要登上《貴族名錄》需要什麼資格。**【譯註：獅子口，bocca di lione，十五至十八世紀威尼斯共和國的匿名控訴裝置，狀如獅面或人臉的壁雕分設城中各處，口張開有洞，人民有任何不滿皆可寫狀塞入洞內。】**

為了解決這個問題，作者給故事加了個外框，讓一位現代的研究員在檔案室裡發現了女學生的筆記。在故事進行中，研究員會不時跳出來解釋一些時代背景。但因為研究員的解釋是對著讀者說的，聽起來就像是在幫讀者上課——也確實是如此。為了避免歷史課帶給人無聊的刻板印象，我們於是建議作者給這位研究員塑造點個性，創造鮮活的場景來取代枯燥的講課。

結果呢，作者做得比我們的建議還要好！她把稿子修改成她自己就是那位研究員，講課的內容變成了第一人稱的場景，她繪聲繪影告訴讀者她去威尼斯旅行途中，遇到韋瓦第的鬼魂來訪。由於她筆下的韋瓦第個性強烈、說話鏗鏘有力（「莫札特那傻子可以在歌劇的中場休息時間，跟女高音在地板上滾，沒有人會介意。而我只不過有一次離開了指揮席一下下，大家就不停追著我罵。」），連帶著十八世紀威尼斯社會的描述也跟著鮮活了起來，變成是用「演」的來呈現歷史背景，而不是用「說」的。

演的幾乎總是比說的要來得吸引人，但你在修稿的時候要特別注意，千萬別把所有的講述都改寫成場景。

講述法也有它的好處，最主要是用來調和故事的步調和形式。場景法能帶來臨場感，引人入勝，但如果一場接著一場演個不停，讀者很容易就會開始疲憊。尤其當你寫了一連串短而緊湊的場景，更會讓人喘不過氣來。因此每隔一段時間，你就得放緩一下步調，給讀者鬆一口氣的機會，這時候講述法就派上用場了。

我們曾經有位客戶特別愛寫短促的場景，人物在短短的時間裡相遇、交談，然後分手。對白都寫得很好，可以把故事向前推進，但因每個場景都只有五分鐘的對白，整個故事就像是由許多五分鐘的緊張片段串聯而成，讀起來像是在鐵軌的枕木條上跑步，很快心臟就狂跳不已。他當然可以把幾個場景合併成一個比較長的場景（我們也建議他這麼做），但根本的解決之道是，利用講述法來調整節奏，讓場景的效果產生質變。

他於是用此原理修稿。舉例來說，他故事裡有一段是寫兩個人相約共進晚餐，他先用一兩段文字帶過整個晚餐，然後讓餐後的五分鐘對話如實呈現（因為只有這五分鐘的對話，對故事進展有關鍵作用）。雖然主要劇情只不過短短五分鐘，但因為加上了之前對晚餐本身的敘述，整個場景的時間感就可以拉長到兩三個小時。這本書因此感覺更有分量，而讀者也有了喘息的空間。

講述的段落也可以增進故事的連貫性。我們最近在幫客戶修改一部歷史小說，故事從女主角逃亡至西班牙講起。她起初很怕落入宗教法庭的審判，但是在逃避追捕的過程中，逐漸愛上了落腳處的村落，到最後，她為了能夠留在小村裡，勇敢站出來面對審判官。

作者起初用一連串短短的場景來呈現女主角對新家日增的情感，這些場景散布在數個月之間，也就是她對小村居民的感情逐漸滋長的這段時間。然而使用密集短場景的結果，就是讓故事開頭看起來十分跳躍，一點都不流暢。這樣對想進入故事世界的讀者來說，絕對是種干擾，因此我們建議作者刪掉幾個最短的場景，在比較長的場景之間補入敘述，告訴讀者當中的時間流逝。敘述式的文字可以交代一段長時間內緩慢而穩定的進展，讓讀者察覺女主角心意的轉變，到了關鍵時刻再用場景法「演」出來。就這樣，讀者既可以觀察女主角的心情變化，也跟著經歷了故事發展，能對女主角產生認同。

故事裡會反覆出現的行動，也很適合用敘述一筆帶過。假設你要寫一個明星級賽跑選手的故事，男主角參加過好幾場比賽。如果你每場比賽都實況轉播一下，到最後每場比賽看起來都會很像。但如果你僅以講述法來寫前幾場比賽，到後來當你用場景法來實況呈現最關鍵的那場比賽時，就會給讀者帶來強烈的衝擊效果。

還有些時候，情節的發展沒那麼重要，如果硬寫成場景，反而讓讀者分心。我們曾幫人修改一個短篇，講的是警方在追查一個謎樣的嫌犯。故事裡有三個事件，依序分別是：首先，警方搞清楚了嫌犯的目的；其次，警方逮捕了嫌犯；最後則是嫌犯在接受偵訊時出其不意地逃走。由於故事的重點在於嫌犯的意圖，而不在他的落網經過，我們於是建議作者，把第二個事件、也就是嫌犯被捕的那段，改成講述就好。如此一來，故事的場景變化等於從追查直接跳到偵訊，整個揭祕的過程不但連續還具流動性，能一直抓住讀者的好奇心。就呈現效果而言，故事的步調更快了，兩個重點場景也更鮮明突出，只因夾在當中的事件現在是改用講述法帶過。

所以，好小說還是要用到講述法，只是你要掌握分寸，別在該「演」給讀者看的時候錯用了「說」。

⊘

到目前為止，我們談的是大範圍裡的「演」和「說」，談到應該怎樣透過場景的描摹來把故事給「演」出來。但即使在一個場景之中，仍然有些地方，你可能在該「演」的地方錯用了「說」。我們前面舉了《大亨小傳》原作的例子，清楚呈現出賓客們對蓋茨比的反應。但是作者也向我們說明：三位先生湊了過來，「專心」聽他們談話，又有一個女孩「滿懷熱誠地」說話，而一位男士點頭「表示附和」。這樣的寫法對現代讀者來說是種累贅，因為作者已經把要說的東西「演」給我們看了。

有些作者喜歡用挑明的方式，來告知讀者故事人物的個性或情緒。比方說

「皮主教這個人，從來不讓宗教信仰影響到私生活」、「韋伯覺得自己被徹底擊敗了」、「簡阿丁聽到這消息嚇死了」等等。

以上三句，都是作者直接告訴讀者故事人物的感受，然而光這樣寫，真的就能讓讀者搞清楚簡阿丁、韋伯或皮主教的心情嗎？答案顯然是否定的。這種時候，用「演」的效果會好很多，讓讀者親眼看到為何你的筆下人物會有那樣的感受。與其說「阿曼一看到旅館房間就噁心退縮」，不如形容那房間的情況，讓讀者自己感覺噁心。不要給讀者資訊，要讓他們體驗。

要做到這點當然需要功夫。僅僅說「阿瑪很沮喪」，比想出好點子，用行動或內心獨白來呈現出阿瑪的沮喪要容易得多。但你若寫「阿瑪只吃了一小口她最喜愛的蛋糕就放下了」，或是「阿瑪一口氣吞下了整塊蛋糕」，這些都是心情的具體化，讀者將感受到阿瑪的沮喪，比用說的要深刻許多。

每個人沮喪或憤怒或鬆一口氣的方式都不盡相同，所以直接告訴讀者某人的心情，並不能傳達那人的個性。身為作者，你最好克制自己去解釋的衝動，而身為編輯，我們則常在審稿時加上眉批：「勿解釋」。

有的作者總想多解釋兩句人物的情緒感受，這動機可能只因作者對自己的

「表演能力」缺乏自信。然而很不幸，通常你特意要告訴讀者的東西，可能早就藉由對話和動作「演」出來了。多餘的解釋放在故事裡，讀起來就好像是作者擔心讀者的智商太低，沒能懂他的大作，所以不厭其煩又重講一遍。回頭讀你的稿子，若看到有解釋人物心情的文字，就立刻刪掉。倘若刪掉之後仍看得出人物心情，那你原先的解釋就沒有必要；如果因此而看不出心情了，那你就要改寫場景，把人物的情緒「演」出來。

為了讓你更明白我們的意思，現在再來看看費滋傑羅所寫的場景，這回我們把他多做解釋的部分拿掉。你會發現，其實費滋傑羅已經把人物的情緒都表達清楚了，根本不需要再特別提醒我們：

「我還滿喜歡來這裡的。」露西爾說：「不過我人比較隨和啦，玩什麼都開心。上次來的時候我的禮服被椅子撕破，之後他問了我的姓名地址，結果還不到一個禮拜，克蘿莉禮服店就寄了個包裹給我，裡面是一件嶄新的晚禮服。」

「你收下了？」喬丹問。

「當然收啊。我本來打算今晚穿過來的，可是胸部那邊太寬得改。灰藍色，鑲有紫色珠珠，標價兩百六十五美金。」

「男人做這種事很怪耶。」另一個女孩說：「他不想跟任何人處不好的樣子。」

「你們在說誰？」我問。

「蓋茨比。有人跟我說——」

那兩個女孩與喬丹把頭靠了過來。

「有人跟我說，大家都猜他殺過人。」

我們所有人都感到一陣驚悚。那三個之前不肯講清楚自己姓名的男人也湊了過來。

「我認為事情不是這樣。」露西爾說：「比較可能的是他在戰時當過德國間諜。」

三個男的之中，有一個點頭。

「我也這麼聽說。告訴我的那個人從小跟他一起在德國長大，對他的底細一清二楚。」他說。

「才不是這樣。」第一個女孩說：「不可能，因為大戰的時候他正在美國部隊裡當兵啊。你們可以趁他以為沒人在看他的時候觀察他，我賭他殺過人。」

即使是與人物情緒無關的描述，你還是可以用「演」來代替「說」。比如，不要告訴讀者男主角的車是一輛老爺破車，而是描寫男主角拿兩根鐵絲扭啊扭的，車燈這才亮了；或是男主角開車駛過一個小水坑，泥水從車子底盤的洞孔噴得他一身都是。這樣讀者自會對這車子的狀況心知肚明。

請注意，「用演的，不要用說的」並非一成不變的規則。（事實上，本書所有關於寫作的原則都不是鐵律。）有時候用說的就是比用演的更能抓住讀者。比方說，在費滋傑羅的那段文字裡，「我們所有人都感到一陣驚悚」明顯是用說的，但是這一句緊接在蓋茨比可能殺了人的消息後頭，為場景添加了茶餘飯後閒扯淡的風味，讓戲劇效果變更棒了。

然而，在現代的好看小說裡，這樣的「說」不但是個例外，還是少數的例外。因為在現代，把故事「演」出來而非「說」出來，已經成為一種尊重讀者的表現。你身為作者，展現出這份尊重，會讓讀者比較願意踏進你故事裡的世界。

自我檢查

- 你常用講述法嗎？是否有些冗長的段落根本沒發生什麼要緊事？你故事情節的主要事件是用「演」的還是用「說」的？
- 如果你確實用了太多講述法，有哪些地方你想要改寫成場景？其中有哪些事件牽涉到主角，用場景來表現更能展現該人物的個性？在你的講述中，是否包含了主要情節的演變或出人意表的事件？如果有，趕快改寫成場景吧。
- 你是否完全沒用講述法，全篇從一個場景連接到下一個場景，讓人喘不過氣來？
- 你是否形容了人物的感受？你是否直接告訴讀者你的人物很生氣、惱怒、愁苦、沮喪、迷惑、興奮、快樂、得意或想死？注意你是否在對話以外的地方提到某個人物的情緒，有的話，你大概是錯用了講述法，應該改寫成場景。

請記得遏止想解釋的衝動。

練習

答案（至少是我們的答案）在本書附錄。

A　找出文字中的「說」，改寫成「演」。

「老莫?老莫？」賽門說：「你在哪裡？」

「往上看，你這個傻瓜，我在屋頂上。」

「你蹲在那上面搞什麼鬼？」

老莫向賽門解釋，他期待已久的風信標終於送到了。他等不及賽門過來安裝，於是決定爬上屋頂自己裝。他還在研究說明書呢。

「你趕快下來，別摔死了。」賽門說：「我保證今天下午給你裝好。」

B

找出文字中的「說」，改寫成「演」。

我認識柴叔其實已經很多年了，可是直到我第一次踏進他店裡的那天，才終於覺得自己真正認識了這個人。以前我一直以為他只不過是手腳靈巧了些，可是一看到他的工具——成百上千的工具，看著它們都是幹什麼用的，怎樣分門別類擺放，我才知道他是個匠人。

C

如果你願意多做練習，請把下面這段「說」改寫成「演」。提示：可隨意添加人物，或在故事背景的部分自由發揮。

不過，車子一離開西九公路，你就進入了另一個世界，一個馬路絕不會以直角交錯的世界。其實，根本沒有什麼馬路。你看到的，都叫做什麼「庭」、什麼「台」、什麼「徑」，還有一兩條叫什麼「坪」的。沿著這些似路非路的通道旁，是一排又一排的小房子，看起來一模一樣，只能以門前草坪上的裝飾物來作區別。外地人一旦落入這迷宮，往往得叫計程車來帶他們出去。

2・角色登場

宜露一直以為她長大了會像媽媽，過著安靜文雅的生活，住在家具乾淨閃亮的房子裡，早餐必定營養豐盛，床鋪非得鋪好心裡才舒服。可是她進大學後，才碰到第一個室友蘭蒂，就被帶進一個全新的世界。在這裡，房間亂七八糟照樣請朋友來玩，擠牙膏不必小心翼翼從底部擠，而且這輩子再也不用拿起熨斗來燙衣服了。宜露覺得她像是被關在精神病少女療養院十八年後，終於得到自由。

然而直到現在，當她花了十分鐘從衣服堆裡找出一件不那麼髒的襯衫，然後又花了五分鐘趴在客廳地毯上搜出一只乾淨的碗時，她開始想，或許老媽的生活方式是有點道理的。

讀了以上文字，你對宜露稍有認識，也許知道了一點她的個性和背景。但你覺得有趣嗎？作者這麼努力地介紹角色，大部分讀者卻感到無聊。

你大概已經看出了問題所在：第一段差不多都在講述。你可能也已經想到該如何把這段改寫成場景。（比方說，你可以安排宜露的媽媽突然來訪。）的確，這段文字的一個毛病就是，原本可以用「演」的，它用「說」的。事實上從現在起，你會發現很多寫作技巧，都牽涉到「演」和「說」的基本原則。

但除此之外，還有第二個問題：作者為了介紹宜露出場，竟把故事擱在一旁，忙著抖出宜露的所有底細，要給讀者一個完整介紹。

很多作者好像覺得，不讓讀者先弄清楚新出場的人物，故事就說不下去。角色頭一回登場時，作者非得報告一下這人的性格不可，像是用回顧方式講述新角色的童年往事對他造成的影響——但這樣寫就不是說故事了，這叫作者忍不住跳出來幫角色作心理分析。

比較好的寫法是，新人上場，先描述一下這人的相貌，讓讀者可以想像，有時候只需要幾個很明確、很有特色的細節就夠了。（舉例而言，「一個五十多歲的俊帥男子」就太含糊，引不起興趣。）但是，要寫出人物的個性，與其用描述的，倒不如透過此人的行動、反應、內心獨白與對話來呈現，這種寫法會更吸引人。

比方說，看宜露滿地爬著找乾淨衣服，就知道她是個邋遢鬼，此刻我們不需要知道她是怎麼變成這樣的。故事進行了一陣子，等她媽媽來訪時，我們再獲悉她的出身背景還不遲。也就是說，我們可以慢慢地瞭解宜露，好整以暇逐漸認識她，就像我們在真實的世界裡認識人那樣。

還有一個理由，讓我們應該避免在人物初登場時就對他多做介紹。你在一開始所描述的人物個性，隨著故事開展，遲早會透過他的言行呈現出來。想想，你若一開始介紹某女士是高雅的社交名媛，可是後來故事卻說她在餐廳裡拿食物彈她丈夫，或是在教堂裡挖鼻孔，這讓讀者如何相信你的描述。倘若人物的言行恰如你一開始的介紹，那介紹就是多餘的；倘若人物的言行與你的介紹不一致，那你就是誤導。不管怎樣，省略人物介紹，你的小說會簡潔得多。

此外，當你先簡介了出場人物，他們就彷彿被圈限住了，沒有發展的空間。曾有人問在《星艦迷航記》影集第一季裡飾演史巴克的美國演員雷納・尼莫（Leonard Nimoy），他如何演繹史巴克與寇克艦長之間錯綜複雜的關係，如何在演出前琢磨出如此深刻而逼真的友誼？尼莫卻說，他沒有——也沒辦法——事先想好要怎麼演。如果他有意識地先研擬好史巴克與寇克的關係，這關係就不可能超過他研擬的深度。他憑直覺演出，這關係才能深入發展，沒有限制。

所以，你若在人物出場時好好介紹了他，很可能就畫定了疆界，讀者會憑此論斷他之後的所作所為。但你若讓讀者逐步認識這個人物，讀者就會各自用自己的方式來解析，因而對人物有更深刻的理解，這是你用簡介的方式做不到的。給讀者機會，讓他們去瞭解人物、分析人物，你會爭取到更多的讀者，更容易攫取讀者的心，比你先給人物定性要有效多了。

再說，向讀者介紹人物是很唐突的作法。這種用「說」的方式，肯定會讓大家看出——你這個作者真是用盡了吃奶的力氣在寫呀。

有的作者用比較委婉的方式，不直接介紹初登場人物，但轉而講述此人的過去，甚至回溯他的祖宗三代。我們非常瞭解為什麼會有作者用這種講古的方式來介紹人物：因為挖掘一個人的往事有助於理解他的現況。不幸的是，挖掘往事對你有幫助，對讀者卻是多餘。你先深入瞭解你的筆下人物再把他寫出來就好了，讀者並不需要知道他的家譜細節。

又由於介紹人物來歷最簡單的方法莫過於透過回憶，所以很多作者特愛讓故事裡的人物回憶個不停，結果是眼前的故事被擱在一邊，人物都忙著去回顧過去，如此三番兩次之後，你的故事就支離破碎，讓人看不懂了。所以說，如果你發現你的故事因為承載了太多往事而拖泥帶水，就把某些往事放下吧。透過回憶來顯露人物個性到頭來可能根本沒有必要，或者你可以想出別的方法，在故事的

「現況」中表達出來。

最近我們在幫一位客戶修稿，故事裡的主角是個四十出頭的男人，表面上快樂幸福，但是當他的二度婚姻失敗後，他決定檢視自己的過去。一開始，他努力贏回前妻的心；到頭來他發現周遭的人，包括他最好的朋友，統統不是表面看到的那樣。情節中很重要的關鍵是主角的童年，尤其是會虐待他的母親，而作者用一連串寫得非常好的回憶呈現了出來。

問題是，作者也交代了前妻的幾段回憶，以及主角父親的童年，還有主角童年玩伴的一些片段。書到中途，作者用了連續六個章節的篇幅在憶往，僅在每章開頭和結尾加上一兩個現況段落，像是給回憶一個框子。主角的現實生活消失了整整一百多頁，統統都是過去。我們於是建議客戶，只留至關緊要的回憶，其他的統統刪掉；讓讀者在現況裡認識書中人，而不是在回憶中瞭解他們。

⊘

那，要怎樣逐步而不突兀地塑造一個角色呢？角色塑造這門藝術是個大題目，足夠寫成一本書，但在這裡，我們主要想講人物刻畫的寫作技巧。

要刻畫一個人物，你可以讓書中的另一個角色來描繪其人，不必自己出面。你不要寫：「庫伯這個人，初見時很不討人喜歡。」你大可透過另一個角色的嘴巴說出來：「我和其他人一樣，第一眼就很不喜歡庫伯。」

你也可以藉由對話和「小動作」來呈現一個人物的特色。這兩種方法本書之後都會細談，這邊我們只講原理：如果在現實生活中，你想搞清楚某人究竟是怎樣一個人的話，最好的方式是隱形站在他身旁，直接聽其言、觀其行。同理，你希望讀者領悟你的筆下人物是何等樣人，就需要透過對話和動作，直接讓讀者來觀察他。

另一種不突兀的刻畫人物方法是：不要直接寫這個人，而是從此人的觀點來寫別的事。這樣一來，讀者看到的是此人眼中的世界，而不是作者眼中的此人。下一章我們會更深入討論這一點，現在請你先讀讀格雷安．葛林《吉訶德神父》（Graham Greene, *Monsignor Quixote*）的開頭段落：

> 事情是這麼發生的。吉訶德神父交代管家，午飯只準備他一個人的份，

然後就出發去當地合作社買酒了。合作社位在通往瓦倫西亞的大道上，距離埃爾托沃索有八公里遠。那一天熱氣在乾旱的田野上滯留徘徊，而他駕駛的西班牙國產迷你車沒有空調，八年前買的時候已經是人家的二手車了。他一邊開車一邊悲傷地想著，總有一天他得買輛新車。狗的年紀如果要換算成人的年齡，可乘以七，這麼算的話他的車應該才剛剛步入中年，可是他看得出教區信眾已經把他的車當成老朽了。他們警告過他：「這車靠不住，吉訶德神父。」而他只能回答：「它陪我度過了許多困境，我祈禱上帝讓它活得比我久。」他的祈禱多半沒獲垂聽，但他盼望這個心願能像耳屎般黏在神的耳朵裡，永不掉落。

僅僅一段，我們就知道了很多關於吉訶德神父的事，他的處境、他的想法、他的幽默感。但是你看，關於吉訶德本人，作者葛林什麼也沒說。作者只淨談吉訶德神父的汽車、他的教區信眾、他的祈禱，偏偏沒談他的個性。但是，因為我們是從吉訶德的觀點得知這些訊息，神父本人就活生生出現在我們面前了。

這樣做還有一個好處，就是讀者是自己認出吉訶德來。換言之，讀者是邊讀文字，邊對神父的個性做出判斷，這讓他們有參與感。你若在介紹人物出場時順手還帶出了此人的蓋棺之論，讀者就沒事可做，而無所事事的讀者不容易投入，甚至會覺得無聊。你得讓讀者積極參與，像是與作者合作無間，這樣他們才能融入故事的世界。

⊘

這本書所有關於人物介紹的原則，也都適用於背景說明。故事的背景、前情，以及你的讀者為了看懂故事非知道不可的事情，都得盡量用最不突兀的方式交代。如果你一下子就把所有背景資訊像倒豆子一樣倒出來，他們恐怕會難以消化。除非你是英國間諜小說名家勒卡雷（John le Carré），否則你不可能強迫讀者翻前翻後只為了看懂你的故事。這裡的基本原則就是，背景資訊啦、歷史或人物個性啦，只在讀者非知道不可的時候，才給他們必要的一點點。

我們有一位客戶寫的故事是警察辦案，情節重點之一，是小偷如何避開防盜器。在初稿中，作者花了差不多一整章介紹各式各樣的防盜器，講解它們的構造和如何破解。就在作者忙著給讀者上課的時候，故事完全停擺了。我們當然建議他改，於是在二稿中，他想辦法把同樣的資訊分散到全書各個部分，只在讀者確實需要的時候，才給他們剛好夠用的防盜器理論。

最突兀的背景說明，莫過於作者自己跳出來發表長篇大論，上述的防盜器理論即是如此。我們在第一章講過，這些提供資訊的段落，通常都可以用場景法「演」出來。但是有時候，就算你努力用「演」的，背景說明仍然突兀礙眼。這種尷尬的情況，並不僅止於我們文字工作者才會碰上，舞台劇也一樣。幾十年前，大部分的舞台劇開場時都有個小人物出場，這小人物俗稱「拿雞毛撢子的」，因為通常是一個手拿雞毛撢子的女僕，她走上舞台去接電話：

> 喂？對不起，雷老爺不在家。他和夫人去機場接他弟弟柴克了。您知道柴克先生二十年前捲了半數家產跑掉，最近大家才發現他原來住在安地斯山區……。啊，什麼？沒有，羅德少爺也不在。他和他的女朋友費絲．胡柏小姐去找律師，看能不能動用他叔公封士比先生留給他繼承的信託財產……。是的，胡柏小姐是胡柏爵士的千金——胡柏家是老貴族，可是如今一文不

名……。不，園丁老卜也不在，他帶著他的得獎名犬阿達去參加比賽了，他希望贏得獎金，好償還賭債……。好，謝謝您，我會告訴他們您來過電話了。

理論上這一大段是對話，但世界上沒有任何一個女僕會這麼說話。你可以透過對話來做背景說明而不顯突兀，可是如果你的人物像上面那個女樸一樣講一堆，純粹只為了要告訴讀者各種情況，這種故事人物就會顯得很假。所以你要留神，看你的對話是否其實是假對話、真說明。

內心獨白亦然。我們曾協助修改一部設定在十六世紀修道院裡的歷史推理小說。書中某處，女主角坐在她房內，想著修道院的日常生活，例如修女們誰住哪間等等。理論上這是內心獨白，但完全不合情理，因為沒人會坐在那裡想這類日常瑣事。作者修改後的二稿，刪去內心獨白，讓修道院裡新來了一位修女，找女主角抱怨自己的房間太小，關於房舍的資訊就在對話中自然帶出來了。

請看以下這個場景，摘自幾年前我們修改的一部小說。敘事是從教堂風琴手的觀點出發，她坐在司琴的位置，冷眼旁觀參加追悼會的人魚貫進入教堂：

她早該想到費佐·喬丹會到場的。這傢伙上次那樣千方百計想阻止那女孩回家過聖誕節，現在竟還有臉來。看他悄悄坐到他老爸旁邊的位置，純真善良得活像吹號角的天使加百列。她很訝異彼得竟然會讓他進教堂，不過話說回來，其實也沒什麼好驚訝的。

彼得和馬玲達夫婦倆終於走了進來，已經不能再拖了。瑪麗露能彈的曲目都已彈完，再拖就得重複了。

彼得和馬玲達走在一起，兩人中間卻好像隔著一道玻璃牆，互不碰觸。瑪麗露不得不承認，他倆很登對——彼得黝黑高大活像義大利電影明星，金髮的馬玲達則甜美可人。不過外表就只是表相而已。

馬玲達看起來深受傷害，這四個字應該是最貼切的形容了。她雙手顫抖，眼光掠過其他人的臉孔卻視而不見。

他倆跟隨費佐坐到他們家族的專屬座區。等他們一坐定，瑪麗露就可以結束彈奏了。

她想，最後一曲就彈「與我同住」吧。

作者用內心獨白帶出了喬丹一家的近況。費佐與「那女孩」（從上下文可清楚看出她是誰）的糾葛，彼得與馬玲達的愛情消逝，馬玲達的痛苦等，都藉著這幾段獨白，很自然地呈現在讀者眼前。瑪麗露這角色活生生，她心裡所想的事情也很符合她這個角色與現場情境，因此讀者不覺得這幾段是在做背景介紹，可以輕易吸收資訊，還讀得挺有興趣的。

為了證明並不是只有我們編輯才會嫌惡小說裡冗贅的背景解說，我們再引述一段話，是羅勃・奈森（Robert Stuart Nathan）評論維克多・歐瑞利的作品《吊人遊戲》（Victor O'Reilly, *Games of the Hangman*）：

> 這小說的其他缺點包括了冗長而多餘的說明。書中人連常識性的事實都不知道，例如警官說那死掉的男孩是「從一個叫伯恩的地方來的」，修國就非得解釋「那是瑞士的首都」不可。書中人彆彆扭扭互相告知對方早已知道的事，純粹就只是為了解釋給讀者聽。例如其中一人問道：「你知道艾利卜原生家庭的事嗎？」修國回答：「再說一遍給我聽吧。」

最難寫的背景說明可能是在故事裡介紹陌生的文化。對於住在棕櫚灘的讀者來說，田納西的鄉村日常或許就需要說明，反之亦然。更不要說你可能得重建一六六〇年的倫敦，或十二世紀的巴黎，或第二世紀的羅馬。假如你寫的是科幻小說或奇幻小說，說不定還得描寫外星生物在其獨特環境下的文化，而且你得從一開始就讓讀者熟悉那樣的文化。如何帶領讀者進入奇異的新世界，卻不致在書的開頭就塞滿了背景說明？

要知道，這種背景說明就和人物介紹一樣，你最好不要長篇累牘地解釋，而是讓讀者去觀察其生活，以瞭解其所在與背景。

舉個例子，黛安娜・瓊斯所著《神犬天狼星》（Diana Wynne Jones, *Dogsbody*）的開頭場景如下：

> 天狼星立在審判席下方，深感憤怒。因憤怒而發出的綠光把審判席上眾人的臉孔都映成了鮮綠色。屋頂樹的下方也被這綠光照亮，寶藍色的果實變成了翡翠色。
>
> 「全是假話！」他吼叫著：「你們為什麼不相信我，倒相信他？」他怒

目射向了主要證人——一個來自雙子座星區的藍色發光體——把他映成了藍綠色。證人趕緊退到綠光之外。

首席法官輕聲低語：「天狼星，我們已判定你有罪。你如果沒什麼有道理的話好說，就閉嘴，讓法庭宣判。」

「我才不閉嘴！」天狼星對著那高大健壯的星神吼叫著。他不怕心宿二，他自己以前常常坐在這審判席上，跟心宿二同任法官——這是此次審判最讓他難過的事。「你根本沒聽我說話，一句都沒聽。我沒殺那個發光體，我只是揍了他。我沒有過失殺人，我還主動說願意去找那個『佐伊』。你們頂多只能指控我發脾氣——」

「依本庭意見，發一次脾氣就夠多了。」深紅色的大個子參宿四冷冷地說。他是第二法官。

「我已經承認我發了脾氣。」天狼星說。

「就算你不承認也沒人會相信。」參宿四說。

聚集在法庭裡的發光體一陣嘻笑，久久不絕。天狼星怒眼瞪視他們。藍樹廳擠滿了來自每一個星座、每一種亮度的星神。高亮度的星神接受生死審判並不常見，而談到壞脾氣，最壞的莫過於眼前這位了。

作者要有非常大的自信，才能直接把讀者空降在這個星神接受同儕審判的場景，留下許多細節未作解釋。後來藍樹廳沒再出現了，「佐伊」是什麼也要到小說最後才揭曉。然而，這種寫法很成功，部分原因是情緒極其強烈，雖然有那麼多沒有解答的問題，讀者仍然會被吸到故事裡去。

其實，找出答案正是讀者繼續閱讀的原因之一。而且，正因為作者黛安娜．瓊斯從不多作解釋，相信讀者會耐心讀下去，她等於在無形之中，稱讚了讀者夠聰明。

告訴你一個屬於寫作這行的小祕密：來自作者的稱讚，總讓讀者感到窩心。

自我檢查

- 回頭讀你寫的介紹人物出場的場景或章節。你有沒有花費筆墨去描述新出場人物的性格？之後會透過對話或行動來呈現的人物個性，你是否先用文字告訴讀者了？
- 你是否詳細描述了人物的過去？你細說了哪些角色的童年？這些人生故事能否刪減一些？
- 讀者要看懂你的故事，需要知道多少資訊？包括技術細節、人物過往、相關地點或家族背景。故事要進展到哪個階段讀者才會需要知道這些？
- 你要如何把這些資訊透露給讀者？你是否發表了一場作者對讀者的演講，把大量資訊一股兒腦塞給他們？（請見練習B）
- 如果背景說明是透過對話來呈現，這些對話確實是你的人物會說的話嗎？即使讀者不必知道這資訊，你的人物也會這樣說嗎？換言之，你寫這段對話，是否只為了把背景資訊塞給讀者？

練習

A **你能不能用一連串的場景來逐步介紹下面這個人物？請記住，場景不需要前後互相連貫，有些素材也不一定要全寫出來。**

瑪姬的童年已經到了尾聲。現在的她處在女孩與女人之間的灰色地帶，她可以是女孩，也可以是女人；可以兩者皆非，也可以兩者皆是，隨她高興。她從來沒有（或許以後也不再會）感到如此寂寞。她無法再混跡於孩童之中，因為他們愛做的事她現在都沒興趣了；但她也不喜歡跟成年人共處，因為她仍然充滿了兒童的精力，沒辦法放慢速度來配合成人的步調。

於是她就這樣夾在平庸與乏味之間，只能和同年齡的人在一起，而她們卻也和她一樣迷惘。這就難怪她的父母有時候覺得她，怎麼說呢，動不動就發脾氣（或是惹別人生氣）。

B **將以下這段文字，用同樣的方式改寫成包含背景說明的文字：**

經過這麼多年，本郡改變了。起先是搭建了喬治華盛頓橋。有了橋，在哈德遜河西邊的人總算可以開車通勤到紐約市，不需要再搭火車或渡輪了。接著又開通了塔班資橋，這是直直穿過本郡的第二條幹道。再過不了多久，家庭農場就會變成住宅區，雙向小馬路也會變成四線道的高速公路。

福列德記得，以前整個納努伊郡就只有一個紅綠燈。但現在光是五十九號公路上就有十二個，大多數都在購物中心前面。（購物中心！）而五十九號公路也快要變成連綿不斷的商場街了，從聶克一直延伸到蘇芬以及更遠的地方。生意好的時候，從外地來購物的人數幾乎是本地居民的三倍之多。

3・觀點是強有力的工具

「要來點酪乳漿嗎？」朱利一邊問，一邊伸手拿壺。

「不要，老爸。」喬伊討厭酪乳漿，但是朱利很喜歡，每次都要問。

「你每天晚上都要問他一遍。」愛蜜拉站在閣樓邊上說。她覺得朱利每天回家都問完全一樣的問題，很煩。

「以後別問了。」她厲聲說：「他要酪乳漿的話讓他自己去拿。已經四個月了，他一滴也沒喝過，你可以放棄了吧。」

她嚴厲的語氣讓朱利吃驚，好像任何一點小事都能惹惱愛蜜拉。邀兒子喝杯酪乳漿有什麼不對？不想喝，說聲不要就得了，而他不就說了嗎？

馬克莫垂的《寂寞之鴿》（Larry McMurtry, *Lonesome Dove*）筆力強勁，可是有些讀者覺得難以沉浸到故事裡去，部分原因正來自像上面這樣的段落。人物個性很清楚，對話也相當真實，可是在第二段，我們是從喬伊的觀點來看事情，第三段卻換成了愛蜜拉的觀點，到最後一段又換了，變成是朱利的觀點。我們一直沒能固定在單一觀點上。

有些教人寫作的書把敘事觀點區分為二十六種之多，但觀點其實只有三種基本款：第一人稱、第三人稱和全知觀點。

第一人稱就是「我」的聲音，所有的敘述都像是敘述者直接在跟讀者說話。（我一進房間就覺得有點不對勁，但是過了好幾秒我才明白，那個麋鹿玩偶不見了。）請注意，在第一人稱裡，敘述者是故事裡的一個角色，而不是作者。

第一人稱觀點有些優點，最主要是可以讓讀者覺得跟那個在說故事的角色很親密。用「我」的聲音寫作，主角毫不費力就可以把讀者請進他的腦袋，從他的眼睛來看世界。請看下面這個例子，是我們寫作班一位學員的作品：

> 我從來沒想到有一天我會感謝那棵橡樹。
>
> 才不過是去年秋天，當我拿著耙子站在那稱為草地，但其實僅是成堆落葉間偶有幾叢草頭的前院，我咒罵落葉，絕無謝意。我發誓，那落葉就像是五餅二魚，在飄往地面的途中以倍數增加。下一個秋天，想必我又會站在樹下咒罵不已。
>
> 可是現在，溽暑流連徘徊，誰要敢跨出前廊走上街，毒太陽準把他曬得胡說八道——哎，那樹真讓人舒爽啊。

再看看夏琳・瑪克朗姆的《弗蘭琪・西弗敘事曲》（Sharyn McCrumb, *The Ballad of Frankie Silver*）是怎麼介紹弗蘭琪出場的：

> 在白雪茫茫、寂靜無聲的冬天，他們把我帶下我美麗的山。我的手腕繫著麻繩，我的兩腿綁在馬肚子下面，好像我是他們長途狩獵打到的小母鹿。話說回來，也許我就是他們的獵物，因為我跟鹿一樣毫無自衛能力，也同樣一聲不吭。聽說鹿一輩子不聲不響，但在被殺時卻會尖銳悲鳴。嗯，也許我死的時候他們會准我喊叫。

第一人稱觀點要寫得好，你當然得創造出夠強、夠有趣的人物，深深吸引住讀者，讓他們看完整本小說；可是又不能太神經、太古怪，免得讀者覺得被困在此人的腦袋裡。而且，第一人稱固然親切，卻缺少了不同角度的觀點作為對照。你不能寫你的主角不知道的事，所以你得安排主角出現在你想要寫的每一個事發現場。這樣一來，你的劇情發展可能會受到限制。

還有，若整本小說都是從同一個人物的觀點來寫，讀者就只能直接認識這個人，所有和其他人有關的事物，都得透過這位「觀點人物」的眼睛來觀看。要避免這種情況有個方法，就是雖用第一人稱，但是採用好幾個不同的觀點——不同的場景透過不同人物的腦袋來寫。這種技法在老手作家用來可以得心應手，例如在索爾·史坦的《最佳復仇》（Sol Stein, *The Best Revenge*）中，第一人稱部分是從六個不同人物的觀點來寫；瑪麗·戈登所著的《女伴們》（Mary Gordon, *The Company of Women*），最後一部分是由所有主要的角色輪流以第一人稱敘述。

與第一人稱相對應的是全知觀點。全知觀點的場景既不是從某個人物的腦袋裡描寫，也不是從任何角色的眼睛來觀看。（有些寫作書認為，同一場景從不同人物的角度觀看，像是前面所舉《寂寞之鴿》的片段，也算全知觀點。我們對這種看法持有不同意見，容後再敘。）你可能以為全知敘述法是十九世紀的寫法。比方說，《雙城記》一開場，就以一個類似全知全能的聲音告訴讀者：「這是最好的時代，也是最壞的時代。」或者《傲慢與偏見》的開場白也是這類型的最佳範例：「舉世公認，一個擁有大筆資產的年輕男人一定需要一個妻子。」沒錯，全知觀點也的確在十九世紀的小說中發展到極致。喬治・艾略特在《米德鎮的春天》（George Elliot, *Middlemarch*）中，乾脆停下故事不講，直接對讀者發表高見：

> 如果你想更清楚知道瑪麗究竟長什麼樣子，明天你稍微注意一下，在人潮洶湧的大街上，你很可能就會看到一張像她的臉孔。她不會像錫安家的女兒們，神氣巴拉，走起路來裝模作樣，脖子伸得長長的，眼睛放肆亂瞟。這些女孩你不要去看。專注尋找一個嬌小豐滿、皮膚略帶褐色的人，態度堅定但不多言；她觀察四周，但不認為有人會注意她。

這當然是種干擾——作者都跟讀者聊起天了，故事本身怎能不受影響？但是只要收斂一點，全知觀點是很好用的。從美國小說家喬伊斯・卡羅爾・歐茨（Joyce Carol Oates）到英國編劇家道格拉斯・亞當斯（Douglas Adams），有很多作家都用全知觀點寫作而大獲成功。

請再看看以下這段文字，取自珍・蘭頓《神聖的靈感》（Jane Langton, *Divine Inspiration*）。在書的前段，作者利用一幕幕場景讓讀者瞭解，有座教堂蓋在鬆軟的泥土地上，若要保持教堂地基的穩當，就不能抽地下水。作者也描述對街工地裝設了幫浦，要抽乾一個大坑洞裡的水：

> 有一天，一輛車開到工地大坑洞的旁邊停下，法院傳達員從車裡跳出來，滑下坑去，交給工地的工程師一紙命令：停工，停挖。工程師看著那張紙，雙手往上一甩，對著吊車作業員和怪手操作師大吼，叫他們他媽的都回家去。他自己則跳進他的車，方向盤一轉，駛離路邊，留下了大坑洞和整個預定要蓋成五層樓旅館、喬治亞式外觀與豪華內部裝潢的大計畫不管，怒氣沖沖衝回家去，卻見他老婆正跟他最好的朋友在做那檔事。在接下來的騷動與混亂中，聯邦街與克拉倫登街轉角那個工地的大坑洞底下的抽水幫浦必須關掉的這件小事，就徹底從他心底抹去了。
>
> 沒人管的幫浦早已把坑裡的水抽乾，現在開始抽地下水。機器無情地抽

出附近土壤中飽含的水分，經由排水管，先到西區截水站，再送到抽水站和處理廠，最後排進波士頓港。這水一去不返了。

由於這一段裡根本沒人在管這個幫浦，所以作者很明顯是以全知觀點寫作，好描述這個幫浦抽水的現況。這個無人管顧的幫浦最後會導致教堂垮掉，而垮掉的過程在全書最後也會以壯觀的場景細膩呈現。作者用一連串的場景（包括木樁漸漸不穩）來堆疊到最後的高潮，全部都以全知觀點寫成，這種寫法不但不會對讀者構成干擾，反而像是貫穿全書、蘊含凶兆的背景音樂。

全知觀點固然有它的優點，卻也會讓讀者失去親密感。請看前面引述過的寫作班作業，如果改寫成全知觀點會變成怎樣：

在南卡羅萊納的小鎮上，房子大多是蓋在高大的樹蔭底下。每年秋天，受父母之命打掃庭院的孩子們總是罵聲連連，因為那樹葉在落往地面的途中似乎會繁殖，總是不斷地增加。但是在八月悶熱至極的午後，驕陽挾持了街道，誰要敢挑戰它，準給烤焦。所以人人都退到了自家的前廊上，等待著樹蔭下偶爾捎來的一絲涼風。

有這麼一棵樹，一棵橡樹，就立在卡蘿．布萊克家的前院裡。這房子是卡蘿向一個男人租來的，這男人早已帶著家人往北遷居。橡樹枝葉繁茂，大不同於周遭的荒蕪。除了橡樹，庭院裡就只有幾叢雜草，一兩株細瘦的繡球花，花色淡藍而不是豔紫。

這段文字比前面的版本多了些資訊，但失去了那份溫暖；三伏天坐在老橡樹下的真實感也消失了。

⊘

接下來是第三人稱。如果說，第一人稱的敘述帶給人親密感，而全知觀點的敘述可以從不同的角度來觀看，那麼第三人稱的敘述就是在這兩者間取得平衡，而且平衡點可以設在不同的位置。有些寫作書為了清楚界定出各種不同層次的親密感和觀照距離，結果竟然分解出二十六種不同的觀點差異。其實，我們只需要把第三人稱觀點，看成是在親密敘述和遠距敘述之間，不斷求取平衡的移動觀點就行了。

是什麼決定了你故事裡觀點的遠和近？最基本的因素就是遣詞用字和文氣。我們用來形容這世界的字句，多半來自於我們的生活經驗、教育、文化，甚至有時候來自我們所居住生長地的天氣。這是為什麼愛斯基摩人有很多字彙來形容雪，而愛爾蘭人有許多成語跟雨天有關。如果你在講故事時，只用你觀點人物所慣用的詞彙，那你不僅在告訴讀者發生了什麼事，而且還是透過觀點人物的經驗和感官來描述事物。相反地，如果你的描述太精緻、太累贅，可能就會顯得觀察太精準，超出了這個觀點人物的能力範圍，那麼讀者與人物之間的距離就拉遠了。

我們再來看看卡蘿和那棵橡樹的故事，依然是第三人稱，但是用了卡蘿自己的聲音：

卡蘿·布萊克抹掉眼睛裡的大顆汗水，抬起頭注視橡樹灰綠色的下方。燠熱的八月天好像是住下來了。她像大多數的南卡羅萊納州葛瑞里維鎮的居民一樣，在自家前廊上，靠著老橡樹爺爺的蔽蔭躲避驕陽。

哎呀，秋天時她可恨死了這棵樹。每到秋天，她會拿著耙子站在落葉成堆的前院咒罵，覺得葉子在飄往地面的途中像五餅二魚似的成倍數增加。可是現在，她坐在陽台的吊椅上，頭倚著涼沁沁的金屬吊鍊，覺得這樹真是好啊。

再把這段文字的敘述距離改得遠一點看看：

卡蘿．布萊克抹掉眼睛裡的汗水，抬起頭來注視橡樹灰綠色的下方。煥熱的八月天看樣子是到了。她像大多數的南卡羅萊納州葛瑞里維鎮的居民一樣，在自家前廊上的樹蔭底下躲避驕陽。

諷刺的是，在其他季節裡她很討厭這棵樹。每年秋天，她拿著耙子站在樹葉掉光的前院，咒罵那些在飄往地面的途中以倍數增加的落葉。可是現在，她坐在陽台的吊椅上，頭倚著涼沁沁的金屬吊鍊，覺得這樹挺好的。

在卡洛琳．秋特的《李駝牛的二手汽車零件》（Carolyn Chute, *Letourneau's Used Auto Parts*）中，有一段夏日傍晚的簡短描寫，看它如何透露小路賢的人生體驗：

> 在形狀歪斜的李駝牛老廣場的角落裡，六月蟲聲大作，活像推土機。在那兒，像樹一樣高大的紫丁香從扭曲的枝葉放出一股氣味。大路賢今晚不見蹤影，諾門也不在。小路賢背靠護牆板蹲著，閉上眼睛，傾聽紗門內的阿姨們用法語低聲交談……。他猜測，是在講關於瓦斯爐的事。

雖然直到最後我們才確定這是小路賢的觀點，可是前面拿「挖土機」比擬六月蟲聲大作，又說紫丁香「放出」一股氣味，都是用小路賢的語言所作的描述。是這些遣詞用字讓這段敘述顯得親切。

還有另一個因素可以控制敘述距離的遠近，那就是你的場景描述是否可以流露出觀點人物的心情。你可以自己決定要流露出多少心情，好為你的描述增添色彩。舉例來說，假設你要寫一場大雪。如果你的觀點人物是名中年男子，而他這星期已經兩度清理了自家車道的積雪，然後為了蹓狗又得大費周章換上雪靴，你可能就描寫雪「緩慢無情地下著，窒息了地表」。但如果你的觀點人物是個小女孩，首次經歷降雪的冬天，非常開心，你可能會形容雪「輕柔地飄落，讓庭院煥然一新」。同樣是雪，不同的角色會有不同的感受，如果你的描述可以傳遞出觀點人物的所思所感，那你的敘述就會給人一種比較親近的感覺。相反地，你也可以讓文字不帶情感，那麼它就傳遞不了任何角色的心情，如此一來，你的敘述就會給人疏遠的感覺。

那麼，你該怎麼決定你的敘述距離？一般來說，觀點愈親密，愈好。所有作家面臨最重要、最困難的任務，就是創造出逼真、吸引人的人物，而採用親密觀點是達成此任務的極佳方法。你在描述時使用觀點人物的慣用語言，不僅傳達了他周遭的景象與聲音，也毫不費力地順便交代了此人的過去、他受過的教育，以及他所處的社會文化等等。如果你寫兩個大學生看著一輛野馬牌老爺車駛過，其中一人聽到的是「馬達聲好大」，而另一人聽到的卻是「三〇二型溫莎馬達，神聖牌雙排氣管和玻璃纖維滅音器」，那麼聰明的讀者便可以猜出，這兩人的高中時代各過著怎樣的生活。

不只如此。容許你筆下人物的心情滲入你的描述，還可以讓你寫起來更加揮灑自如。如果你的描述就只是要傳遞資訊給讀者，這些資訊會打斷故事，拖慢步伐。許多作者為了避免這種情況，乾脆把描述減到最少，結果往往令文字空泛而步調過分統一。不過，如果你的描述也傳達了人物的個性或心情，那你就可以自由變換步調或加入內涵，卻不致於打斷文氣，因為你的描述本身就在把故事往前推進了。

用親密的觀點寫作還有另一個好處，就是可以傳遞很多種不同的心情感受，包括了那些很微妙、甚至是觀點人物本身都不自覺的情緒。在第一章我們講過一個原則：用「演」的，不要用「說」的。有些作者可能遵循過了頭，把描述中所有一丁半點的情緒暗示都剝乾淨了，唯恐落入煽情之譏，結果寫出來的東西太冷淡、太貧乏，甚至更糟。情緒需要流露，而且很適合透過你的敘述文字來傳達。

我們曾經有一位客戶，想要把幾乎所有人物的情緒都透過對話和內心獨白來表達。結果他的筆下人物就只能表達出最自覺、最外顯的情緒，像是憤怒、恐懼和情慾，讀者很快就厭倦了。這位作者需要學習在敘述中，藉著觀點人物的心緒讓文字增色，然後才能捕捉到像是閒得發慌、有所期待、安於現狀等種種很微妙的感覺。

在絕大多數的情況下，你都該採用親密的敘述法，尤其是當你從主要角色的觀點來寫作時，更是如此。不過有時候，拉遠距離有其必要。例如你想讓讀者專心關注某個場景裡的行動，而非其中的人物，你就該把敘述的聲音寫得不帶感情。或者你需要從一個小配角的觀點來敘述一個場景，就不必把這人的各種心思意念全都寫出來，不然讀者會高估了這角色的重要性。如果你要描寫某個情況或是某種心理狀態，而你的觀點人物卻因為沒受過教育，或還是個小孩子等種種原因，而沒有足夠的字彙來表達，你可能就得用比較遠的敘述距離來寫。如果你的觀點人物是個心理變態，你在寫他的場景時最好也用比較中性、比較有距離的聲音，因為你是想吸引讀者往下看，而非想讓他們身陷變態心理、看得抓狂。

最重要的是，你必須學會充分掌控敘述距離，再謹慎使用，來達到你所要的效果。所以說，一個場景最好從頭到尾都採用單一觀點來寫：你先決定要用哪個人物的觀點，進入這人的腦袋，然後在那裡一直待到場景結束。即使你用了比較遠距離的敘述，你仍然只能寫同一個人的所見所聞。如果你像前面所舉的《寂寞之鴿》一樣，從一個人物的腦袋跳到另一個人物的腦袋，你等於是想讓讀者同時對所有的角色建立親密感，這樣讀者會覺得混淆，而不是深受吸引。

下面這個場景是我們的一位客戶所寫，馬凱剛剛通知布萊克太太她的兒子死了：

「怎麼回事？」她站在通往起居室的拱門下，瞪眼看他。

馬凱抬起頭來。看來她不好打發。

「他坐在獨木舟裡。」他說。

「獨木舟，原來如此。」她退後，回到起居室。「那麼他是淹死的了？」

「是的，布萊克太太，我們猜想是這樣。」

「這話是什麼意思？你們猜想？」她的聲音提高了：「你怎能就告訴我這是你們的猜想？你是誰？」

「夫人，我叫柯雷頓·馬凱。」

她感覺得出來他很不習慣成為被質問的一方。

很明顯，第二行是從馬凱的觀點來敘述（「看來她不好打發……」），但是到最後一行，讀者轉移到布萊克太太的腦袋裡去了（「她感覺得出他……」）。從一個觀點轉移到另一個觀點的過程是漸進的，中間隔著幾句對話。由於讀者已經習慣了從馬凱的腦袋看事情（在引文的前一頁差不多都是在他的腦袋裡），所以轉換到布萊克太太的腦袋時會感覺有點不順，只是還稱不上突兀。但如果多來幾次觀點轉換，讀者恐怕就沒有耐心了。

但還是有作家可以轉換觀點，而且做得很成功。怎麼辦到的？來看看下面這段，取自愛麗絲．霍夫曼（Alice Hoffman）的小說《實用魔法》。**【譯註：*Practical Magic*，好萊塢拍成電影，台譯《超異能快感》，港譯《巫法闖情關》。】**莎莉的妹妹吉蓮離家多年後剛剛返抵家門；安東妮亞是莎莉的女兒之一，詹米是吉蓮的男友：

吉蓮停下腳步，端詳莎莉。

「我不敢相信我有多想念你。」

吉蓮的語氣好像是她自己聽了也很訝異。她緊握雙拳，指甲嵌進掌心，彷彿要把自己從一場惡夢中喚醒。若非不得已，她是不會回家向姊姊求助的。她一輩子都努力自立自強，與人無涉。這世上其他人都有親友，逢年過節時不論距離有多遠，總要回家團聚。吉蓮不然，放假的日子她總是自願輪班，上完班她就去城裡最好的酒館買醉，吃館子裡特地為節慶準備的小菜：復活節是染成粉紅色和淺藍綠色的水煮蛋，感恩節是包火雞肉與桑葚的墨西哥小捲餅。有一年感恩節，吉蓮跑去在手腕上刺了青，那是一個炎熱的下午，在拉斯維加斯，天空的顏色熾白如瓷盤。刺青店的傢伙向她保證不會痛，結果很痛。

「我活得亂七八糟。」吉蓮招認。

「嘿，你猜怎麼著？」莎莉告訴她妹妹：「我知道你不相信，我知道你不關心，但是我自己的煩惱也夠多的。」

比方說吧，電費就是個問題，隨著安東妮亞聽收音機的時間而提高，而安東妮亞從來不關收音機。莎莉已經將近兩年從未出門約會，就連與堂表兄弟或鄰居琳達的朋友都沒有出去過，愛情對她而言根本不存在，連遙遠的可能性都沒有。這些年來，姊妹倆分居兩地各過各的日子，吉蓮愛幹什麼就幹什麼，愛跟誰上床就跟誰上床，睡到中午才起來也沒關係。她不需要因為女兒出水痘而整夜不眠，不需要跟女兒約定晚上最遲幾點回家，也不必因為需要準備早餐或需要教訓誰而撥好鬧鐘。吉蓮當然保持青春美貌，她以為她是全世界的中心呢。

「相信我，你的問題根本不能跟我的比。這次真的很糟糕，莎莉。」

吉蓮的聲音愈來愈小，可正是這聲音，曾經支撐莎莉度過最惡劣的一年，在那段恐怖的日子裡，莎莉根本無法開口說話。正是這聲音，在那一年裡的每週二晚上，敦促她，無論如何撐下去。那種激烈的迴護之情，是只有共同經歷過往昔的人，才會有的。

「好吧。」莎莉嘆口氣說：「說給我聽。」

吉蓮深吸一口氣說：「詹米在我車上。」她走近一點，在莎莉耳邊低語：「問題是……」這話很難說出口，真的很難，得要一鼓作氣說出來，管他聲音會不會太高還是太低：「他死了。」

與前面所引馬凱的例子或本章開頭《寂寞之鴿》的片段相比，這段文字比較成功。在《寂寞之鴿》裡，讀者是從與一個角色的親密關係，直接跳到與另一個角色的親密關係，近距離的敘述加上快速跳越，造成了閱讀上的不流暢感。但是霍夫曼在《實用魔法》這個場景中，即使是從人物的腦袋描述，仍大致維持相當遠的敘述距離，描寫吉蓮孤獨荒涼的生活和莎莉的郊區作息，也都清晰有條理，因此觀點的跳躍就比較沒有那麼突兀。

那，何時應做這樣的觀點跳躍呢？答案是：最好少做。不說別的，讀者有可能會看不懂。如果在一個場景中有很強烈的情緒，但是並不屬於任何單一角色，你或許可以嘗試用這種方法。以上霍夫曼這個場景的關鍵，是姊妹倆的人生在她們相遇的那一刻，互相撞擊。要描寫這景象，霍夫曼需要讓人真實感受到兩姊妹的生活究竟是怎麼回事。她沒辦法從單一觀點來寫，因為在此階段兩姊妹的誤解很深；她也不可能從兩個不同的觀點各寫一個簡短的場景，因為那樣無法推進到高潮——車上的屍體。為了所有的效果，作者不得不在一個場景裡轉換觀點，從一個腦袋跳到另一個腦袋去。

假如你有意仿傚，請記得，霍夫曼是箇中高手。先前我們引述馬凱的場景就沒有這麼高明了，作者在那之前已經分段輪替著從布萊克太太的觀點（在淋浴間裡）和馬凱的觀點（穿過她所住大樓的大廳，搭電梯上樓）來描述。作者利用交叉剪接的技巧製造懸疑，看馬凱要怎樣步步逼近。這技巧原本可以達到很好的效果，只可惜在人物之間跳來跳去產生了混淆，而非緊張感。

假如說你想要追蹤同一個場景裡所有人的心思，你自然會傾向為每個人寫內心獨白，就像《寂寞之鴿》作者馬克莫垂的作法一樣。可是用這種方式寫內心獨白，就跟直接用「說」的也差不了多少。而且，讀者可能需要一點時間，才能進入你所描述的情緒狀態；如果你從一個狂熱的腦袋一下子又跳到另一個，他們恐怕會跟不上。讀者會知道你各個人物的心情，可是沒時間去體認任何一個人物的感受。而你恰好就是希望讀者可以感同身受。堅持從單一角色的觀點敘述，效果還是最好。其他人物的情緒就透過對話和行動來呈現吧。

下面再舉一個例子，選自一個寫作班學員的作業。一夥人由艾伍德率領，為電影大亨狄索的庭園重新造景施工，但狄索本人卻不知情。艾伍德手下一個叫哈萊的工人，爬到宅邸外的電線桿上把風，萬一電影大亨回來好先通報。就在這個情況下，某個認識電影大亨的人（福特）突然現身了：

「怎麼回事？」哈萊把無線電對講機又打開。

艾伍德腰繫安全皮索高踞樹頭，他往後靠住皮索，壓過電鋸的嘎嘎聲，向福特高喊：「先生，你把車停在那兒，我可負不了責。我們這兒樹枝掉得到處都是。」

「誰來啦？」哈萊在對講機裡問：「艾伍德，怎麼回事？」

「要是刮壞了車，我們的保險不賠的。」艾伍德說。

「狄索做事就這個調兒，」福特說：「別人的時間全不當時間。不管發生了什麼事他都能罩得住。」福特回頭疑惑地再看一眼，然後上了自己的車，開走了。

「老天！」巴提說：「你好大膽啊，跟他說話！」

「因為他要是多待一會兒，遲早會認出我們是誰的。」艾伍德說：「那樣一來我們就不得脫身了，比佛利山莊的警察動作很快的。」

這個場景寫得很好，各角色的聲音清晰，細節也彷彿親見，但是作者一下子想抓住太多東西：哈萊的困惑、艾伍德的自信，與福特的不滿。作者在過程中模糊了觀點（至少有兩次觀點轉換），因此降低了讀者的參與感。

我們可以這麼改寫：

哈萊又打開無線電對講機，貼到他的耳邊：「怎麼回事？」他聽到艾伍德在電鋸的嘎嘎聲中大喊：「先生，你把車停在那兒，我可負不了責。我們這兒樹枝掉得到處都是。」

「誰來啦？」哈萊在對講機裡問：「艾伍德，怎麼回事？」

——

艾伍德腰繫安全皮索，高踞樹頭，他往後靠住皮索，瞪著樹底下的福特說：「先生，要是刮壞了車，我們的保險不賠的。」

「狄索做事就這個調兒，」福特吼回去：「別人的時間全不當時間。不管發生了什麼事他都能罩得住。」

他回頭疑惑地再看了艾伍德一眼，然後上了自己的車，開走了。

他一走，巴提就說：「老天，你好大膽啊，跟他說話！」

「因為他要是多待一會兒，遲早會認出我們是誰的。」艾伍德說：「那樣一來我們就不得脫身了，比佛利山莊的警察動作很快的。」

這麼一改，就只剩下兩個觀點了：哈萊的（他從對講機裡聽到的）和艾伍德的（他從樹頭上能見到和聽到的）。這場景現在不打算一下子講到每件事，因此兩種主要的情緒——哈萊的緊張和艾伍德的自信——就顯得清楚多了。

還要提醒一下，讀者和觀點人物之間的情緒連繫是需要慢慢培養的，所以你在寫一個場景的時候，最好盡快確定觀點，可以的話，在第一句話就確定下來：

「一切都安頓就緒，迎接完美的一天。莫提摩在吊床上伸展四肢，一本小說攤在他胸前，檸檬汁擺在他身邊的草地上，帽子拉下遮住眼睛。」

「布蘭琪瞪著一排又一排、一模一樣的小隔間，這些小隔間組成了她的辦公室。她當場就決定收拾傢伙，搬到蒙大拿州去。」

「聽到第一波槍響的時候，雷蒂霞正在客廳裡。」

在場景一開始你就表明觀點，讀者會立刻進入狀況，而且還可以很快就習慣待在觀點人物的腦袋裡。

可是，為了鋪展劇情，有時你不得不切換觀點，這時該怎麼辦？比方說，你從韓德瑞督察的觀點講故事，但卻想讓讀者知道他的管家老方很緊張，而這是韓督察本人沒有察覺到的，這時你該如何切換觀點才不會弄得讀者錯亂不安？答案很簡單：先結束掉眼前的這個場景，插入一條分隔線，然後再開始一個新場景，切換到符合你需求的觀點去，就像我們前面修改哈萊與艾伍德那個場景的作法一樣。分隔線可以提醒讀者，接下來有東西要改變了，因此變換觀點就不會讓他們感到意外。

下面這個例子採自雷納德納的小說《觸》（Elmore Leonard, *Touch*）。琳恩在接受咄咄逼人的談話節目主持人霍華的訪問，朱方諾從後台觀看：

> 「喂，很美啊。」霍華說：「你年輕，你在戀愛。管他的呢，跟情人睡一起有什麼不對？」他停頓了一下：「除非你感到羞恥，不願承認，覺得這事兒骯髒、猥褻。」霍華皺起眉頭，又說：「如果你倆相愛，睡在一起有什

麼好罪過的？」

「我才不覺得罪過。關於……我們的關係，我什麼也沒說。」這狗娘養的，比她預料的還壞。

「你也什麼都沒有否認哪。嗳，我可不是在評斷是非。你要是跟他有一腿，那是你的事——」

——

「——但是你在我的節目上提起此事，那就是我的事了，因為親愛的，我想跟你談什麼就可以跟你談什麼——」朱方諾聽到霍華這樣說。他同時努力想聽清楚奧古斯都在他耳邊說什麼。奧古斯都緊咬牙關，痛苦地、費力地在對他說話。

雷納德竟然在一句話的中間打斷場景，用一條分隔線來轉換觀點。可是他轉換得非常清楚，而一刀劃開的方式也為已然緊繃的場景更添張力。

⊘

一旦你能隨心所欲控制敘述的距離，你就可以用此技巧製造驚人的效果。我們曾有位客戶，在一個場景中描寫一個女人下班回家，發現丈夫的屍體，作者使用了各種敘述距離來營造緊張氣氛。首先他形容她回到家，把車停進車庫，走上步道——用的是相當遠的敘述距離。但是隨著她愈走愈靠近屍體所在的臥室，作者開始使用這女人的語言來描述，她的情緒也逐漸加濃了描述的色彩，把讀者逐步拉進她的腦袋裡，直到她打開燈看到丈夫吊掛在天花板上那震撼的一刻。這種漸進加強場景強度的手法很微妙，讀者並不會察覺，像是在下意識中發生的變化，效果卻很強烈。

你也可以在開始的時候使用全知敘述法，然後慢慢轉變成某個特定第三人的觀點，就像是攝影機從遠鏡頭逐漸拉近到演員身上一樣。試看下面這段，選自約翰·蓋樂維所著《耶穌會士》（John Gallahue, *The Jesuit*）。**【譯註：蓋樂維是還俗的美國籍天主教耶穌會士，這部出版於一九七三年的小說，敘述羅馬教廷派遣耶穌會士烏蘭諾夫，潛赴共產黨統治下的俄羅斯，主持暗地活動的當地天主教會。】**

一九三一年六月初的一個早晨，馬里蘭州一所沉寂的修道院裡，院長清修敬拜的常規生活起了驚天動地的波瀾。來自華盛頓特區，羅馬教廷駐美國代表團的一位年輕神父，親自上門遞交一封密封信函，是羅馬教廷致修道院長的。年輕神父並未等候回信，只告訴院長他完全不知道信的內容，一句也不肯多說就走了，留下狄倫院長自己細讀短柬。

讀者也跟著讀了信，裡面要求給予一位叫做烏蘭諾夫的年輕學者特殊待遇。接著我們進入狄倫院長的腦袋，敘述的距離拉近了：

狄倫院長把電報讀了三四遍。終於他派了一位修士去請來他的親信顧問，蘇利文神父。他是前任院長，現在已八十歲了。兩人一起研究這奇異的來函究竟是怎麼回事。

請注意，到此為止，雖然使用的是第三人稱但不是全知觀點，不過敘述的距離還是很遠，時間經過壓縮，文詞不帶情緒。可是等到兩人討論完烏蘭諾夫的任務之後，文字敘述很明顯是用狄倫的語言了，一絲絲不安滲透進來：

院長還是有權決定怎麼做，而他打算行使這權力。並不是他發現這年輕人有什麼不對。不，他若這麼說就失之偏頗了，而院長別的不敢說，對於自己的洞察力卻是很自豪的。他只是在這年輕的耶穌會士身上感覺到一個空洞。雖如此，這本來也沒什麼要緊的，要不是羅馬教廷極力堅持擢升他。

要把你的故事寫得更好看，有很多不同的方法，而「觀點」正是其中最基本的一個。你憑此展現你的筆下人物是何等樣人，你憑此傳達用其他方法無法傳達的情緒。讀者藉此得以分享人物的喜怒哀樂，看到這些人眼中的世界，即使只是短暫的一瞥。是的，除了對話與內心獨白，人物的情緒就靠觀點來流露了。

觀點是強有力的工具，要學會善用。

自我檢查

- 在你的故事裡，你採用了那種觀點？為什麼？如果你想給人持續的親密感，你是否採用了第一人稱？如果你想要保持距離趕感，你用的是第三人稱嗎？還是全知觀點？
- 你是否有從一個人物的腦袋跳到另一個人物的腦袋裡？有的話，為什麼？如果你用單一的觀點人物來貫穿同一個場景，會讓故事增添強度嗎？還是你應該在適當的地方用一條分隔線切斷場景以轉換觀點？
- 檢查你的用語。那些話是你的觀點人物習慣用的嗎？不是的話，應該改吧？
- 看看你的描述。你的觀點人物對於你所作的形容會有什麼感覺，你說得出來嗎？

練習

A　找出這一段文字的觀點問題：

蘇珊聽到鑰匙在大門轉動的聲音，接著是第二把鑰匙在前門轉動的聲音。她抓住艾德的手臂。

「天啊，我忘記了，是房屋仲介來了。」

他環顧客廳。報紙亂丟在沙發上，信件堆在咖啡桌上。他想起廚房水槽裡堆了兩天沒洗的碗盤。「什麼？你是說今天？現在？房仲帶人來？」

沒時間了。「你去整理廚房，這裡我來。」

蘇珊動手收拾報紙，一股腦全丟進壁爐裡。艾德則衝進廚房，撈起洗碗盤的盆子，盡量小聲將碗盤往裡頭放，然後把滿到不行的盆子端出水槽，用腳踢開櫥櫃門。

不行，他們等等會打開櫥櫃來看。那放哪兒好呢？冰箱？地下室的鍋爐後面？

他悄悄溜出後門，才剛離開，蘇珊就走進了廚房，後面跟著房仲和一對看來誠懇的年輕人。

「你們真的不要先看看樓上？」她問。

「不了，我想先看看地下室。」年輕人說：「我想在家裡開店，所以想先知道空間夠不夠大。」

「哦，那好吧。」

艾德從客廳繞回來的時候，年輕男女的身影剛消失在樓梯底下。

蘇珊問：「好，碗盤呢？」

「汽車行李箱。」

B

找出這一段文字的觀點問題：

一輛破破爛爛的紐約市計程車開到路邊停下，藍斯一頭鑽了進去。司機是個瘦小、畏縮的男人，不大說話。藍斯不在乎，他埋頭看報紙，任憑司機一路蜿蜒向北，在公園大道擁擠的車陣中竄行。

終於車子在中央車站停了下來。藍斯遞了張十元鈔票給司機，然後便消失在人群之中。

C

試著描寫一個場景：一個名叫米契的八歲男孩，某個週四下午在學校偶然往教室窗外一望，發現今年的第一場雪開始下了。先用第一人稱描寫這個場景，再用第三人稱和全知觀點各寫一遍。

4・比例問題

伊蒙把鉤竿甩上岸，彎下身去，用左手抓著小陽的外套領口，右手扣住他的皮帶，把他提起來。然後伊蒙一扭身，鉗住這印地安人的左肩，矮下身用自己的右肩頂住小陽的肚子，右手臂穿過小陽的兩腿之間，這才站直起來。他在腳下的圓木上緩緩轉身，走到木頭比較靠岸的那一端，跳上另一根圓木，又走到木頭另一端，跨上幾根順著河水往下流的木頭，直到他終於踩進離岸不遠的淺水中。

這是從我們寫作班學員作業裡選出來的一段。你在讀的時候很可能會想，伊蒙可真花了好久的時間才上岸呀。印第安人小陽受傷了，讀者還不知道傷有多重。這個場景是很驚險刺激的一幕，前後都發生了許多事。可是作者一個動作接著一個動作（或一根木頭接著一根木頭）地細描伊蒙上岸的過程，降低了緊張感。他花了太多時間在枝節的事情上，結果讓這個場景比例失衡。

像這樣的比例問題，有時候可能是作者缺乏自信的結果。這就跟新手作家會把故事裡已經「演」出來的人物情緒再解釋一遍，是同樣的道理。你在寫作的時候很難判斷讀者的觀感，所以你很容易就使力太重。上段文字的作者在下筆時，大概認為讀者必須親眼目睹伊蒙在圓木上掙扎的過程，因為那情景他自己歷歷在目。

然而對讀者來說，這種比例問題恰恰如同多餘的描述。你把細節纖毫畢現，讓讀者沒有想像空間，你就是把他們當小孩子看。這個問題在今天要比幾十年前來得嚴重。幾十年前，小說家使用大量詳盡的描寫是常態，現在的讀者卻看多了電影電視，很習慣從一個場景跳接到下一個場景，中間不需要冗長的過渡畫面，小說家也就因勢利導，經常留白，把瑣碎的橋段留給讀者自己去想像。舉例來說，現在的作家不寫：

> 電話響了。齊蘭走到房間那一頭，拿起電話說：「喂。」

而直接寫：

> 電話響了。
>
> 「喂。」齊蘭說。

其他的，就讓讀者自己去想像。所以本章開頭所舉的例子，作者只要這樣寫就好了：

伊蒙把鉤竿甩上岸，抓住小陽的外套衣領和腰帶，把他扛上肩，在圓木之間次第跳躍，登上河岸。

當然，除了單純的判斷錯誤之外，還有其他的原因也會造成比例問題。當作者寫到他自己最感興趣的事物時，就可能會出現比例問題。我們曾經代為修改一部驚悚小說，講一個十七歲少年穿越美國，一路上在荒野裡找到什麼吃什麼。這書大致寫得很好，作者顯然擅長野外求生，寫出精確、詳盡的野外求生技巧，例如要怎麼把自己綁在樹上睡覺才不會掉下來。

我們承認，這些細節給小說帶來一種真實感，也證明了作者知道他在講什麼。而且沒錯，閱讀的樂趣之一，就是讓作者帶領你穿梭在人生無以數計的寬街窄巷裡：若非透過閱讀，你根本不會知道有這樣的世界存在。可是當我們讀到整整三頁講述如何獵捕海狸、如何在野地宰殺燒烤之後，我們不得不說，這位作者太超過了。

就算在十九世紀，那個讀者的注意力可以集中很久的時代，赫曼．梅爾維爾（Herman Melville）在《白鯨記》裡長篇大論鯨魚的生命史，也讓讀者非常頭痛。讀到頁復一頁像以下這樣的描述，讀者很容易就放棄不讀了：

> **第二部（中型鯨）　第一章（逆戟鯨）**——雖說這種魚隆隆的鼻息聲，或吐氣聲，讓新水手創造出一句諺語，但其實眾所皆知牠是深海的居民。一般人並不把牠列入鯨魚類，只有生物學家認出牠具備該巨大海獸的特徵，知道牠是鯨。在中型鯨裡，牠的體型不大也不小，長度約十五到二十呎，通常打扮得最時髦。牠們成群結隊出游，棲息地點則很廣，從東南邊的大沙龍到迦納西的小酒館，都有人見到過牠們。逆戟鯨擅長跳舞，卻被認為相當不喜交談，因此在社交場合應該避免跟牠打交道。

你讀不下去吧？其他人也一樣。《白鯨記》中的「鯨學」章大概是美國文學史上最少人讀過的章節。

舉一個比較近期的例子。美國暢銷小說家麥可・克萊頓（Michael Crichton）也在比例問題上犯過錯，被《紐約時報》的書評抓了出來。這篇由雷曼豪普特（Christopher Lehman-Haupt）所寫的書評，對克萊頓小說《機身》（*Airframe*）的評論是很正面的，但以下段落除外：

由凱西領導的調查小組懷疑，第五四五航班的問題是「條板伸展」，而緊急時又啟動不了自動導航。這架飛機是N－22型，以前也發生過這種問題。假如你不知道這是什麼意思的話，凱西有位助理，對機身結構一無所知，你且聽凱西怎麼對她說：「你懂流體力學嗎？不懂？告訴你，飛機能飛是因為它機翼的形狀。」

凱西繼續解釋：「飛機在起飛和降落時飛得比較慢，這時候機翼需要有比較大的弧度讓它保持騰空，所以我們就伸展機翼的前後，增加弧度——在後面的叫作翼翅，在前面的叫作條板。」問題是：「當條板伸開時，飛機會比較不穩定。」而這似乎就是五四五航班遇到的狀況。

只要克萊頓先生的手指在鍵盤上敲打一番，凱西就會隨時開始上課。

比例問題有時候是因刪節文字所造成的。在朱蒂絲・席爾的第一部小說《愛情生活》（Judith Searle, *Lovelife*）簽約要出版的年代，大出版社有時候仍會讓編輯提修稿意見。朱蒂絲的編輯給了她一些刪改建議，她很快就照辦了。所有的烹飪場景、大部分的人生思辯與形容描述，以及相當多的內心獨白，都刪掉了。一字未刪的是所有的性愛場景。結果這本書成了一本非常煽情惹火的小說，因為刪節之後性愛場景所占的比例大增。

⊘

那，要怎麼避免比例問題呢？通常很簡單：留心就是了。

比較大的比例問題，只要你多加留心就可以避免。假如你花了很多時間講某個人物或某段插曲，讀者自然會以為這個人物或這段插曲在整個故事裡很重要。如果到頭來此人只是個小人物，或者精心描繪的插曲後來再也沒有下文，讀者會覺得上當。

我們曾經接受委託，修改一部科幻小說。在初稿中，作者用了很多頁的篇幅去講一個世紀後的美國社會樣貌，其中有很多對今日社會的慧眼洞察。儘管全書前半部都在談論未來社會，後來的情節發展，卻完全與未來社會無關，男主角就只是解決了一些個人難題，從此過著幸福快樂的日子。我們本以為作者既然花了這麼多時間，創造出一個未來社會，總要派上點用場，看到結尾無不大為失望，好像故事沒講完就結束了。在修改後的二稿裡，作者把男主角的個人難題提到前面去，多強調一下，然後加強了結尾部分與未來社會的關聯，這樣故事就好看多了。

警告：所謂留心，並不是要你把所有對情節沒有立即幫助的細節全都刪掉。你如果讀過詹姆士的亞當·戴立許推理系列（P. D. James, Adam Dalgleish mysteries）就會明白，氣氛是個重要因素，只是它對情節的影響有時隱而不顯。比方在《巧計與渴求》（*Devices and Desires*）中，作者先繞一大圈帶我們去欣賞英國鄉村，認識了戴立許與他姑母過去的關係，然後才讓我們看到第一具屍體。有些讀者很可能覺得太緩慢、很無聊，可是大多數讀者覺得，在這個過程中隱隱蘊含的緊張氣氛，正是展現戴立許個性的最佳方式，而且正因為緩慢堆砌，所以當第一具屍體出現時，衝擊更大。

比例恰當並不表示一成不變。對人生的思索感喟永遠可以寫進小說，因為所思所感可以透露出敘述者的個性。與主線情節相呼應的旁線，對於背景故事某些細節的描摹，都可以讓小說的世界更立體。箇中訣竅在於，你要挑選與故事相輔相成的題外話，這題外話對故事的加強效果，有時候甚至出人意表、叫人參不透。但會拖住故事的無用包袱，當然就不必了。

要分辨有用無用，你可以拿出你的作品，當作是第一次看。這當然不容易做到，但如果你把稿子放著，過個幾天或幾星期再來看，會比較客觀。重看時，把一個場景或一整章列印出來，慢慢看。你得把自己當成讀者而不是作者來看稿，所以不要在螢幕上看，要讀紙本效果才好。這樣，你讀的時候就不會想去改動文字，而可以問自己哪些地方最有意思，哪些場景彷彿親見，哪些段落最讓你低迴玩味。是什麼東西感動你？迷住你？擾你心神？引你歡心？把你的反應寫成眉批，或用便利貼加註。不要分析你的反應——你一旦分析，那些若隱若現的、難以言喻的細緻共鳴就錯過了。暫時也不要作任何改動。

弄清楚了你喜歡哪些段落，再看看不喜歡的是哪些。需要留著嗎？它給故事增添了什麼？（說不定表面上看來它是多餘的，但其實卻給故事增添了層次。）

也許可以縮短些？加長些？這番簡單的自我審稿，有時候效果出奇地好，因為你最喜歡的部分，很可能你的讀者也最喜歡。如果你覺得書中某個角色發表的若干意見聽來刺耳，你的讀者恐怕同樣會反應不佳。

你可能會驚訝於自己的某些反應。如果你喜歡的段落大多與情節進展沒太大關係，那你恐怕得修改劇情，因為你的故事顯然是繞著你最不感興趣的題材而寫，這是行不通的。你最好重寫，妥善運用你寫得好的部分來編織劇情，但不要硬把寫得好的段落，勉強塞進一個不恰當的故事裡去。你的最終目標是，要能刪掉所有你覺得沒意思的部分，而劇情依然完整流暢。

但是，如果你淨寫些自己的私人興趣以致於比例失衡，以上方法就沒效。比方說，你長篇大論了十八世紀的見神論、如何自製手搖冰淇淋、藍脊山的野花種類等等，你固然可以自我解釋，說這些能為故事增添情趣（說不定也真的可以），可是你要記得，大部分讀者對這些題材可不像你這麼感興趣。

一旦你能看出比例的改變會如何影響全篇故事，你就可以嘗試利用比例來引導讀者對情節的反應。假如你希望某個情節發展可以讓讀者感到驚訝，就先少談這事，等時候到了再一下子泉湧而出。你也可以故布疑陣，花很多篇幅描寫別的情節，把真正重要的情節隱藏起來。利用比例來控制讀者的反應，效果強大，但是運用之妙存乎一心，因為你是在操縱讀者卻不讓他們知道。

阿嘉莎・克莉絲蒂在她第一部瑪波小姐的小說《牧師公館謀殺案》（Agatha Christie, *Murder at the Vicarage*）中，就用了這技巧。在這部小說裡，大家還不知道瑪波小姐是幹練偵探，看她只是一個腳步蹣跚的老女人，而村子裡像她這樣的老女人多得很。所以到最後讀者真的會很驚訝聽到她輕聲細語地解釋，有種東西叫做手槍消音器，而兇殺案發生時有人聽到的噴嚏聲，大概就是那致命的槍擊。克莉絲蒂若先多花了篇幅描述瑪波小姐的推理能力，甚至只是多費些筆墨在她這個角色身上，拍案驚奇的效果就消失了。

從法蘭・朵芙《逃亡》（Fran Dorf, *Flight*）早期的稿本可以看出來，作者曾有比例問題的困擾。在這部小說裡有兩個主要人物：鎮上醫師的兒子艾倫和當地瘋婦的兒子伊森。伊森被法官判定把女友拉娜推下懸崖（她沒死），因此入獄。而在伊森出獄八年後，讀者才終於弄明白，把拉娜推下崖的並非伊森，而是艾倫。全書大部分篇幅都在講伊森和拉娜如何引導艾倫的哥哥發掘真相。

這裡的比例問題，來自於作者朵芙必須詳細鋪陳艾倫這號人物。他是書中的壞人，讀者需要了解他的個性，情節才推得動。可是她花了這麼多時間在艾倫身上，讀者不免猜測艾倫一定幹了些什麼，於是早早就猜到他才是真兇。

朵芙後來解決了這個問題。她安排伊森一開始就越獄，然後又加上了一些場景，讓艾倫被一個身分不明的人（當然是伊森）跟蹤，這樣一來顯得艾倫好像會遇害，朵芙因此有了仔細寫他的理由。她等於是用控制情節比例的方式，誤導了讀者。

⊘

要解決小幅度的比例問題，例如本章開頭所摘錄的伊蒙上岸段落，你只消多留心各個人物的輕重即可避免。當你採用某個親密的觀點來寫作時，你的觀點人物對當下環境的關注程度，就決定了你該描寫得多詳盡。假如你的男主角被一個手持鐮刀的瘋子追殺，為了顯示男主角的慌亂，途經的景物描寫得愈模糊愈好。相反地，如果你的女主角正在跟手持鐮刀的瘋子格鬥，為了展現她的全神貫注，你就得仔細描述打鬥的過程。依照觀點人物對當下環境的關注程度，來決定你描述的詳盡與否，其實正是另一種用親密觀點寫作的技巧。

該描述多少細節、哪些東西先寫、哪些後寫，這林林總總會構成一段描述文字的比例分配。一旦你從觀點人物的角度來決定這比例，就能不著痕跡地讓讀者感覺到你筆下人物的個性。我們所見過最好的例子，是寫作班一位學員的作業，講兩個素不相識的女人，在路邊咖啡館偶然相遇。敘述者注意到對方「把炸薯條吃光了，卻完全沒動盤子裡那一小口鄉村乳酪。」這段觀察不僅讓你對那吃薯條的女人多點認識，也讓你對敘述者稍有瞭解。會注意到這種細節的人總具有某種性格。

請看下面這段，採自李・史密斯的《黑山倒塌》（Lee Smith, *Black Mountain Breakdown*）：

> 站在後院邊上，克莉斯看得到整個鄰里沿著馬路一直延伸過去。每家屋子後面都亮著燈，女人們在廚房裡收拾善後。偶爾有女人的頭影透過廚房窗戶出現一下，然後又不見了。艾妮的媽媽的頭影則始終留在那亮著燈的框框裡，那是他們家洗碗槽的位置，就在窗前。隔壁的房間裡，電視機開著，有

個疲倦的男人在看電視或看報紙。克莉斯家沒有電視，但她知道鄰居家的情況，有些男人可能已經在沙發上睡著了。有時候她真希望她是住在鄰居家。華家兄弟合恩和達利，正在車道上亮著大燈修車。他倆永遠都在修車。他們家院子裡擺滿了汽車零件，可他們是好孩子，弟弟合恩去年在黑岩高中當足球四分衛，兩人又都是鷹級童子軍。克莉斯真希望有華家兄弟這樣的手足，滿身油漬，開朗愛笑，而不是像她自己的哥哥朱爾。朱爾比她大太多了，很生疏，他瘦得不得了，回家的時候總是氣呼呼的。現在他幾乎都不回家了。他在賽克斯的一所高中教書，淨惹麻煩，媽媽這樣說的。

很顯然，我們看到了克莉斯的所見所想，本來應該是岔題的事情，像是艾妮家洗碗槽的位置、華家兄弟在車道上修車，在此卻能吸引人往下讀，因為這些都能顯示出克莉斯的個性。

不過，再提醒一次，寫你自己私心偏好的事物要小心。大部分作者照著自己的形象塑造主角，如果你也是這樣，可別把自己的喜好如收集硬幣、聽六〇年代的爵士樂等等，硬套在主角頭上，向讀者滔滔不絕。當然，讀者也許會對你偏愛的領域產生興趣，但是比較安全的作法仍然是，只寫能推動情節或是能顯示角色個性的題材。

「比例」是寫小說的工具，如果不知道它能發揮怎樣的功能，你當然不可能善加利用，搞不好還會破壞了故事。但你若巧妙使用，就能不著痕跡地把讀者吸引到故事裡去，故事就活了過來。

自我檢查

- 看看你的描述。你提供的細節是你的觀點人物會注意到的嗎？
- 重讀開頭五十頁，注意你都花時間在哪些東西上面。你塑造得最清晰的幾個角色，到頭來有很重要嗎？你詳盡描述的地點，後來有再出現嗎？有沒有某個角色後來意外地重要？讀者能根據你在這角色身上所花的時間猜到這樣的發展嗎？
- 你有一些逸出軌道的地方，也就是與情節無關的枝節或講述嗎？如果有的話，它們每個都能讓整體讀來更有趣嗎？如果沒有的話，你需要添加一些嗎？

- 你寫了你最喜愛的話題或嗜好嗎？是的話，仔細斟酌你在上面花了多少篇幅。

練習

A 以下這篇短文選自寫作班學員的作業，請改正其中的比例問題：

快到最後一座山丘的時候，卡特又超越了兩位跑者。這兩人都起步很快，但此刻已耗盡力氣，漸漸慢了下來；他們已抬不起手臂，原先輕快而高舉的步伐也變成了疲倦、吃力而辛苦的挪動。他們舔著嘴唇，低著頭，垂著肩，死命地擺動身體，彷彿痠痛的雙腿會因著這些額外的動作而被榨出更多精力。

B

這篇短文同樣選自寫作班學員作業，請改正其中的比例問題：

她走向水槽，伸手去拿杯子，然後轉開水龍頭。「小心蛋。」來不及了。艾迪（四歲）正在揉眼睛，所以沒看到。他腳滑了一下，屁股坐在蛋汁上。他又哭了起來。

多蒂也很想哭。她抓住艾迪的手臂，把他拉了起來，然後伸手去拿抹布來擦他的褲子。「別哭了。」她說著，同時又遞給他一杯水。「喝了，去換褲子。」

5・寫對話的技術

陸德倫先生（Robert Ludlum）還有別的怪癖。比方說，他討厭用「他說」一詞，想盡辦法避免。在小說《神鬼認證：最後通牒》（*The Bourne Ultimatum*，好萊塢改編為同名電影）中的人物很少好好跟書中其他人講話，而是用喊叫、插嘴、打斷、沉思、陳述、反駁、總結、喃喃、耳語（陸德倫先生很擅長耳語）、吟詠、咆哮、驚呼、怒吼、嘀咕等種種方式。有一次更絕：「『我再重複一次。』艾立又重複一次。」

這書也許能賣上十億本，可它仍然是垃圾。

——凱倫德（Newgate Callender），紐約時報書評

審稿編輯在收到小說投稿時會怎麼做？我們認識的幾位編輯都給了同樣的答案：「先找一個有對白的場景來看。對白沒意思，我就退稿。對白寫得好，我才開始讀。」

多數作者都覺得，寫對話比寫敘述或動作要來得費心思。當你的筆下人物一

開口說話，讀者就知道你把人物寫活了，還是寫死了。要把好的對話放進他們嘴裡，可一點都不簡單。

正因為難，歷代作家已經發展出一些機械式的對白寫作花招——靠著這些招式，作家們可以輕易撐起軟弱無力的對話，把洞鋪平，讓二流對白看起來還過得去。想也知道，如果你希望寫出真正精采的對白，就絕不能用這些機械式花招。

身為文字工作者，你得學會辨認這些三腳貓伎倆，以後就不要再用了。你會發現，你獨力寫出的對話其實比你想像的要好很多。（因為原先拿來支撐用的各種不必要招數，只會使對白顯得軟弱。）如果你覺得你的對白沒辦法靠自己撐起來，至少你知道了該努力的方向。

⊘

假設你是觀眾，正在看一場舞台劇。第一幕演到一半，你正沉浸在演出當中，編劇卻突然從後台跑出來，喊道：「你看出這是怎麼回事了嗎？你看出她的冷漠是因為他在外偷情嗎？你有沒有注意到她因為他在外面玩女人所以失去信心？你看懂了嗎？」

你當然懂，而且你聽到這番話覺得真給人看扁了。你是懂戲的觀眾，舞台上的演出也很清楚明瞭。你不需要編劇來解釋給你聽。

作者向讀者解釋人物對白的時候，讀者的感覺正是如此。請看下面這句：

「你不是在開玩笑吧？」她驚訝地說。

大多數新手作家，會想都不想就寫下這樣的句子。把人物的感覺直接告訴讀者，這多簡單啊。直接告訴讀者女主角好驚訝喔，可以省掉好多麻煩跟時間。

事實上，這不是節省，而是懶。只要你對白寫得好，就不需要再描述人物的情緒給讀者聽，否則就像編劇跑出來解釋一樣，完全是狗眼看人低。「你不是在開玩笑吧？」這句話已經有驚訝的意思在裡面，沒必要多作解釋。一旦你解釋了不需要解釋的對話，就是看輕讀者，讀者必定反感。編劇跑上台，觀眾不一定會當場走人，但被輕視的讀者卻很可能就此闔上書本。再強調一次：請克制解釋的衝動。

如果你的對白沒寫好，需要加上文字解釋才能傳達人物情緒，那麼你就算解釋了也是枉然。比方說你這麼寫：

「這我沒法接受。」她驚訝地說。

這裡若不解釋，讀者確實不會明白這女人感到驚訝。但你不該只是說了讓讀者知道，你應該要讓他們直接感受到這女人的情緒。你想讓讀者感受到她的驚訝，唯一的方法，就是讓她說出讀者自己在驚訝時也會說的話。「這我沒法接受」，聽起來就不像一般人在驚訝時會脫口而出的句子。

如果對白顯示不出她的驚訝，而要靠作者來告訴讀者，那你的對白和解釋之間就不和諧；對白這樣說，解釋卻那樣寫，兩者不盡相同。沒錯，讀者不見得會注意到這些——事實上，只有經驗老道的編輯和書評家才會注意這些事。但是讀者會感覺有點不太對勁，即使只是潛意識裡的感覺，也會讓他們不易融入故事場景。

想想看，驚訝有千百種，正如人有千百種（憤怒或寬慰或喜出望外也有千百種）。在強烈的情緒衝擊下，每個人的反應各有不同，這是個性。你告訴讀者她感到驚訝，讀者就只知道她很驚訝。但如果你透過對話或動作，來顯示她如何驚訝，他們對她就多了些瞭解。（「她丟下打蛋器，蛋糊潑到了櫥櫃門上。『你不是在開玩笑吧？』」）這又回到了「演」和「說」的老問題，在對話上也一樣。

「你不是在開玩笑吧」的說法還有一點嚴肅而冷淡的意味，比「你少胡說」或「老兄，你要我？」要來得嚴肅而冷淡。會說「你不是在開玩笑吧」的人，可能比較拘謹、正經，說不定還有點緊繃。要是這女人是個在對話中一貫顯示為拘謹的人，你連「拘謹」一詞都不消說，讀者自然會明白。不妨這麼想：每當你在對白中插入一個解釋，你就削弱了一點人物在讀者心中的真實感。多來幾次，你的人物就永遠不可能在紙上活過來了。

除了解釋對話中人物的情緒，有時候你也可能也會重複解釋了對話本身的內容。例如：

裴西衝進動物園管理員的辦公室。他們對袋熊這麼粗暴，袋熊會給他們整死的，他不能坐視不管。

「先生，怎麼了？」管理員說。

「你曉不曉得那些可憐的無辜東西會死在你手裡，你這沒心肝的法西斯！」裴西吼道。

再說一次，如果對白已經把事情都講清楚了，就不必再重複解釋。你的讀者一看就會懂，請克制解釋的衝動。

當然，像這樣明顯的例子很少見，許多作者通常是用副詞來幫對話多作解釋。例如：

「恐怕沒效。」他冷冷地說。

「繼續刷洗，洗完為止。」她厲聲說。

「可是我完全提不起勁，什麼都不想做。」他沒精打采地說。

太多小說作者喜歡用大量副詞來幫對話增色，像是上述舉例中的「冷冷地說」、「厲聲說」還有「沒精打采地說」。也許這是作者缺乏自信的表現，也許就是懶，也說不定作者只是覺得一直用「某某人說」實在太單調了（等一下我們會特別談這件事）。你寫下的每一個副詞差不多都可以刪，這些副詞幾無例外都是在解釋對話，把應該用對白來呈現的情緒，偷偷用副詞描述出來。前面說過，如果對白自己站得起來，用別的東西去支撐它，只會讓它顯得軟弱。

不過這原則有個例外，就是當副詞是用來修飾「說」這個字的時候，例如「他小聲地說」，加副詞就沒關係。同樣是副詞，「冷冷地說」和「小聲地說」兩者用法完全不一樣。「小聲地說」的「小聲」，是形容你說話的方式；但是「冷冷地說」的「冷」，主要是來自你說話的內容，與你說話時的動作——這個冷淡的感覺，可以透過你的遣詞用字、肢體語言，和前後文的脈絡傳遞出來。再者，冷淡當然也有各種層次。當你寫「他冷冷地說」，你要講的其實是「他這麼說，態度很冷淡」。你需要具體刻畫他的冷淡，呈現出是怎樣的人格特質，讓他此時此刻態度冷淡。

關於副詞的問題，讓我們引述《百年孤寂》作者、哥倫比亞知名作家馬奎斯（Gabriel García Márquez）的訪談作結：

為了讓文字更簡潔，馬奎斯不用副詞。在西班牙文中，副詞都以 -mente 結尾。**【編按：相當於中文裡的「XX地」】**他說：「在我寫《預知死亡紀事》之前，我用很多副詞。在《預知死亡紀事》裡我想我只用了一個。之後到了《愛在瘟疫蔓延時》，一個副詞也沒有。西班牙文的 -mente 真的很好用，可是當你想用-mente時，找一下別的方法，你會發現別的方法總是更好。現在我已經習慣不用副詞了，根本想都不用去想。」

⊘

除非你的對白完全是一個人自言自語，否則你一定得說明是誰在講話。請記住，你只需要讓讀者知道是誰在講話就好，不要藉此機會來解釋對話（像是「他咆哮著」、「她厲聲說」等等）。不論是哪一種解釋，要嘛沒必要，要嘛是因為你寫得不好，所以需要解釋。（她抱怨道：「你覺得這很有趣嗎？」）

你最好還是只用「說」就好。（他說：「我覺得很抱歉。」她說：「你總是讓我等，從不打電話來。」）有些作者看到一整頁都是說說說會覺得不安。他們聽到教創作的老師耳提面命，動詞要力求變化、要有創意，所以他們這樣寫：

「拿給我！」她提出要求。

「給你。」他伸出手說。

「裝子彈了嗎？」她問。

或者更糟：

「我很不想承認這一點。」他扮著鬼臉說。

「靠近一點。」她微笑著說。

「原來你改變主意了。」他嘻嘻笑著說。

以上三個例子都是外行的寫法，也讓你的人物做出了真人不可能做到的動作。除了在爛小說的世界裡，有誰能夠一邊扮鬼臉或微笑或嘻嘻笑，又一邊說話呢？

我們都想盡量用最恰當的字詞來描述一個動作，但在「是誰在說話」這件事上，最好的動詞幾乎永遠是「說」。上述為了求好而使用的各種動詞之所以不合適，是因為除了「說」字以外，別的詞都會讓讀者分心，無法把注意力放在對話內容本身。那些詞很造作，會讓讀者轉而注意到對話的寫法。哪怕只是一秒鐘的時間，所有會讓讀者分心的寫法，都不是好事。你要讓讀者全神貫注於對白的內容，而不是去注意你寫對白的方式。

相反地，「說」是一個不起眼的字。它幾乎沒有意義，比較像標點符號而不像動詞。它讓人視而不見，因此反而顯得優雅。話說回來，避免解釋和不用副詞的另一個理由，也是為了讓行文更優雅。即使你把解釋和副詞與「說」字連用（我們很嚴肅地說），還是會讓讀者分心於你的寫作技巧，無法專心閱讀對白。

還有別的方法可以讓你對「是誰在說話」的說明較不醒目。在對白段落的開頭先不要講是誰說的，把它移到對白的第一個自然停頓處。（「我不同意。」他說：「這玩意兒向來沒受到應有的重視。」）句子太長時這樣分一下更好，讀者會從句子一開始就豎起耳朵等著聽是誰在說話。

⊘

寫對話的時候，先決定你要怎麼稱呼某人物，然後至少在同一個對話場景裡維持同樣的稱呼。不要這一頁用「修柏說」，下一頁變成「溫先生說」，再下一頁又改成了「老人說」。否則讀者還沒搞清楚誰是誰，就懶得讀下去了。再者，人通常不會在一段對話中改變對對方的想法，所以你的觀點人物對對方的稱謂也應該維持不變。這當然不是說你必須整本小說一以貫之。比方你想顯示女主角跟溫修柏先生的關係日漸進展，第一章你讓她稱他作「溫先生」，到第四章改稱「修柏」，第十章則暱稱為「阿修」了。

如果在對話中可以清楚看出是誰在說話，你可以完全省略是誰說的。可是不要為了省略，反而把兩人的名字直接放進對話裡，像乒乓球似地拋來拋去：

「我簡直不敢相信他會這麼說，小祺。」

「噯，老侯，也許我聽錯了，不過——」

「不用多說，小祺，不用多說。」

這技倆偶一為之還可以，可是常用會讓人覺得煩了。誰這麼說話呀。

如果你還是擔心一段對話中「說」字太多，可以用所謂的「小動作」來代替：

「這我以前從來沒想到過。」羅傑打開冰箱，拿了一罐冷飲出來：「不過現在想來，塗上一層蟲漆應該也很有效，是吧？」

總之，只要你的讀者能分得清是誰在說話，就夠了，不用多說。

用「小動作」來代替「誰說」，在三人以上聚談的情況下特別好用。聚談時，你得讓讀者知道哪一句話是誰說的，可是如果每句話都很短，就會有一大堆「說」字排列，那可真有點討厭：

「可是你答應了……」潔西說。

「我才沒有答應。」泰龍說。

「好了啦，你們兩個——」達利說。

「這事你別管。」泰龍說。

如果你偶爾把「某某人說」代換成描寫說話之人的動作，就破解了一排「說」字的單調，而不致礙眼：

「可是你答應了……」潔西說。

「我才沒有答應。」泰龍說。

達利跨上一步，擋在兩人中間，舉起雙手：「好了啦，你們兩個——」

泰龍一個旋身，對著他說：「這事你別管。」

這個技巧不錯，但不要用過頭。在對話場景裡，最好只插入幾個小動作就好；如果每句話都來一個動作，會更擾人。你需要一個讀起來舒適流暢的平衡。

最後補充兩個技術性問題。首先，對話被打斷的地方要用破折號（——），不要用刪節號（……），如前例所示。至少在小說裡，刪節號是用來表示說話聲音愈來愈小（如前面例子的第一行），或是對話中有些人講的話你聽不到（例如你只寫了電話這一頭的人所講的話）。

其次，換人說話時要換行換段，這樣讀者比較容易明白誰說了什麼。接在一個小動作或一些描述之後的對話，最好也換段，如前面例子的「達利跨上一步，擋在兩人中間……」。我們後面會再談到經常換段的問題，現在你只要記得，好的對話各自成段，會更容易閱讀。

但是要讓對話好看，最重要的，就是絕對不要去解釋它。

自我檢查

- 首先，檢查你寫的對話裡有沒有任何解釋文字。在對話之外的地方，如果出現描述情緒的字眼，就用螢光筆畫起來。你可能會發現這些描述都是在作解釋。
- 刪除解釋的部分，看看對話讀起來怎麼樣。有好些嗎？還是更糟？若是更糟的話，對話要重寫。

- 螢光筆再拿出來，把所有的副詞都畫起來，數數看有多少個。其中有哪些是用來形容情緒（歇斯底里地，氣憤地，愁眉苦臉地）？也許不是全部該刪，但大概多半都可以刪。
- 你是否用了人不可能做到的字眼（「他扮著鬼臉說」，「她齜牙咧嘴地說」）來代替「說」字？或是你還用了其他動詞來代替「說」字？要記住，雖然偶有例外，但通常來講，即使是看來自然的「回答」、「答覆」等，也不及「說」字順眼。
- 你能不能省略幾個「誰說」標示？刪掉幾個，你還分得清是誰在講話嗎？或看看能不能用小動作來代替。
- 在同一個場景裡，你是否用了不只一個方式來稱呼同一個人？
- 刪節號表示對話裡有空隙，破折號表示被打斷，你用對了嗎？
- 你如何為對話分段？多分幾段，看看效果如何。

練習

A　請修改以下對話：

「你不會真的想把那垃圾放進你的身體裡吧？」一個聲音從我身後調皮地說。

我放下那包餅乾，轉過身去。是佛列德，打過照面的同事。「你說什麼？」我說。

「我說，你不會把那東西吃下肚去，是吧？」他重複了一遍。

「佛列德，我看不出這跟你有什麼關係。」我笑著說。

「保羅，我只是關心你的健康。」他回答：「你可知道這裡頭添加了什麼？」

「我不知道，佛列德。」

「我也不知道，保羅。這正是問題所在。」

B

再回頭來看《大亨小傳》。這本小說是費滋傑羅的巨作，被尊為當代經典當之無愧。但自該書出版至今，文學潮流已經改變，當年完全可以被接受的寫作技巧，如今看起來卻稍嫌囉嗦。而現在機會來了，你可以幫大師修稿。別翻回第一章，自己放手改改看。

「我還滿喜歡來這裡的。」露西爾說：「不過我人比較隨和啦，玩什麼都開心。上次來的時候我的禮服被椅子撕破，之後他問了我的姓名地址，結果還不到一個禮拜，克蘿莉禮服店就寄了個包裹給我，裡面是一件嶄新的晚禮服。」

「你收下了？」喬丹問。

「當然收啊。我本來打算今晚穿過來的，可是胸部那邊太寬得改。灰藍色，鑲有紫色珠珠，標價兩百六十五美金。」

「男人做這種事很怪耶。」另一個女孩熱烈回應：「他不想跟任何人處不好的樣子。」

「妳們在講誰？」我問。

「蓋茨比。有人跟我說——」

那兩個女孩與喬丹神祕兮兮地把頭靠了過來。

「有人跟我說，大家都猜他殺過人。」

我們所有人都感到一陣驚悚。那三個之前不肯講清楚自己姓名的男人也湊了過來，專心聽他們談話。

「我認為事情不是這樣。」露西爾抱持懷疑的態度反駁：「比較可能的是他在戰時當過德國間諜。」

三個男的之中，有一個點頭表示附和。

「我也這麼聽說。告訴我的那個人從小跟他一起在德國長大，對他的底細一清二楚。」他肯定地向我們證實。

「才不是這樣。」第一個女孩說：「不可能，因為大戰的時候他正在美國部隊裡當兵啊。」我們轉而傾向相信她的話，於是這個女孩身子前傾，滿懷熱誠地又說：「你們可以趁他以為沒人在看他的時候觀察他，我賭他殺過人。」

6・用耳朵改稿

在上一章，你學到了對白的重要，一個生動活潑的故事不能沒有對白。而在這一章，我們先來來看看在什麼樣的情況下，書中人物開始交談了，卻披露出更大的毛病。

> 安夫人宣布說她拿到了戲票，她兒子驚呼道：「馬克白？啊，媽咪，我愛你！我一直就想看這部戲。」之後，彼得爵士聲稱：「我再也不得自由了。你殺了她，格麗塔，而且你把我捲了進去。你、你這個神經病。」他口中的神經病不久後也發表意見：「是啊，DNA，科學家打敗了我們……。只要拿到血液樣本，送去檢驗，咻！小偷強尼判刑十年。」
>
> ——傑夫．尼可森（Geoff Nicholson），評論賽門．托爾金所著《最後的證人》（Simon Tolkien, *Final Witness*），刊於《紐約時報》

超級混亂吧？正如這篇書評所暗諷的，在許多故事裡，有問題的對話，往往是對話本身不對勁，與技術枝節無關。作家的一大挑戰就是創造出人物的聲音，也就是說，人物的習慣用語、過往經歷和當下情緒，都要能在對話中表現出來。上一章講到，對話技術能把好的對話雕琢得更亮，但是如果對話本身就糟，怎麼辦？

一般人都以為，寫對白的本事教不來，其實不然。你可以學會，只是這題目要另寫專書討論才行。現在我們只簡單說，你在修稿時，還是有些技巧可用，因為對白平淡乏味的最常見原因就是：太生硬、不自然。

問題來了，幾乎所有最棒的對白，多少都有點假。因為如果你真的照著一般人平常講話的方式來寫的話，結果會像這樣：

「早。」他說。

「早。」她說。

「週末好吧？」

「哦，很好，很好。做了點事。」

「是嗎？」

「是啊，是啊。剪了草、修了樹，之類的。」

「嗯哼。」

「你呢？」

「我？呃，大概也差不多。修剪了紫丁香。」

「是啊，紫丁香，長成野草了，是吧？」

「是啊。」

要是整篇故事的對話都寫成這樣，讀者還沒讀完第一章就會睡著了。你創作出來的對白，應該要比真實的對話更緊湊而有重點；小說對白其實是人為創作，只是聽起來像真的而已。

很多作者努力過頭，寫出來的對話不自然，聽起來誇張又造作，本世紀全世界沒人這麼說話，而且還使得每個角色聽起來都很像。生硬的言語就是生硬，不管是誰說出口都一樣。

要避免對話生硬，最簡單的辦法，就是多用通俗節略語法。「我如果是你的話，我是不會這麼做的。」這句聽著不自然。「要我的話才不幹。」比較像真人會說的話。你自己說話會減字縮詞，你筆下的人物也應該這樣。不過，如果你想表明某個人物為人刻板拘謹，或喜歡拿腔作勢，不用節略語法倒是對的。

另一個辦法是不要用完整的句子。例如：

「她懷孕了？」

「有沒有不重要，反正她不會嫁給他。」

如果你把它改成如下，聽著會比較自然，比較像真人說話：

「她懷孕了？」

「沒差，反正不會結婚。」

在第二組對話中，除了簡略句子之外，作者還運用了另一個技巧：省略主詞。這樣寫文法不正確，但是抓住了真實對話的節奏，只要不用太多，效果很好。

如果你寫出來的對白流於生硬，也得檢查一下，你有沒有把多餘的資訊塞進對話裡去。我們在第二章就說過，千萬不要把背景說明偷渡到對話裡，這除了能避免人物說出不像他會說的話，還可以避免寫出如下例般生硬的對白：

「親愛的，我知道現在才跟你說好像不太公平。我們已經結婚十一年了，養了三個小孩，但我這個人其實不是你以為的那樣。」

不要為了夾帶資訊給讀者，而讓你的人物說出他通常不會說的、深思熟慮過的句子。並不是說你絕對不可以利用對話來說明背景狀況，只是一定要讓你的人物有理由說出你要他說的話，而且那些話還得正像是他會講的才行。

還有一個方法可以幫助你寫出自然的對話，就是不要用太艱深的字眼，除非這人物確實會用這樣的字。「你考慮過後果嗎？」聽起來像是在書上才會讀到的句子。「你想過之後會怎樣吧？」比較像是人會講的。所以讓你的人物說「我想」而不要說「我做成結論」，說「算了」而不要說「我放棄」，讓他去「拿來」而不是去「取得」。總之，盡量用簡單的字，聽起來音調和諧，不要用難懂難念的字眼。

還有一種讓對話流暢的技巧，通常是電視編劇的拿手絕活，但其實在其他領域也一概適用，那就是讓對話的雙方答非所問。在生硬的對話中，某人提出的問題對方馬上都能清楚聽懂，回答也都完整而直接。但真實的人生很少這樣。試看以下兩段對話的差別：

「我不曉得你在想什麼，跑到那種地方去。你還好吧？」

「我沒事，真的沒事。」

以及

「你以為你在做什麼，跑到那種地方去？」

「我沒事，真的。」

第一個版本很清楚，但是第二個版本中的答非所問，挑逗讀者猜測對話雙方的關係，因此更有意思。

所以，讓你的人物偶然誤解對方的意思，讓他們回答對方沒說出口的問題，並且避開明確提出的問題；讓他們談話時各打各的算盤；讓他們互相攻防、意見不合；讓他們說謊。如此，他們聽起來會更像有血有肉的人。

以下這段取自雷納德的《斃命槍擊》（*Killshot*）。請注意阿曼如何故意不回答李奇的問題：

「阿曼，」李奇說：「你沒結婚，是吧？」

「才沒。」

「你跟女人同居過嗎？我是說除了你的家人以外？」

「你問這幹嘛？」

「阿曼，讓我教教你。一向都是你在教我，現在該我教你了。好，阿曼。」他一直喊阿曼的名字，好像這樣，話才比較容易出口。「幹你這行的，說不定都殺過一兩個女人……你殺過嗎？」

「說下去呀，你要教我什麼？」

「我假設你殺過。可是殺死一個女人，和瞭解一個女人完全是兩碼子事啊，老兄。」

阿曼如果直接回答了李奇的問話，或是叫李奇閉嘴，這對話就不會有那暗藏的緊張感，聽起來也就不會那麼逼真了。

⊘

所以，到底怎樣的對話才對勁？請放聲朗讀以下這段：

「我以為你明天才會來。」安妮說。

「我想就這麼闖來也很不錯。」

「史坦，我進門才五分鐘，正在給自己弄點吃的，然後我就要休息了。」

「所以，你是在告訴我你不需要我，是吧？」

「是的。」

如果你只是默念這段，可能會覺得還可以。作者沒插嘴解釋，安妮對史坦的不耐煩從對話裡就可清楚看出。但是當你大聲念出來之後，是否有些拗口呢？讓我們再來念下一段：

「我以為你明天才會來。」安妮說。

「我只想試看看，就這樣。」

「史坦，我五分鐘前才剛到家，正要弄點吃的，然後就要上床睡覺了。」

「意思是說你不需要我？」

「完全正確。」

我們做的改動不大，可是你如果大聲朗讀這兩個版本，就會發現其中的差別。第二個版本比較像真實的對話。

再說一次，好的對話並非照抄一般人的談話，而是設計出來、模擬真實談話的文學手段。也就是說，對話設計得再好，也難免會有一點不自然。由於我們讀到的對話多少都有一點不自然，我們讀慣了，把這稍嫌生硬的對話視為正常，以致於即使你寫出的對話真的很僵硬，你的眼睛一時也看不出缺陷。

解決的方法當然是，在修改稿的時候，讓耳朵來幫忙。耳朵習慣聽到真實人生的正常對話，你默念時看不出來的生硬之處（例如前例第一個版本中的「是的」），只要朗讀出來，馬上就非常明顯了。你要一邊讀一邊小修小改。這時候，注意你所改動的地方，讓耳朵告訴你改得好不好。眼睛會被愚弄，耳朵卻是明白的。

大聲朗讀，不僅可以幫你克服生硬的問題，還能幫你找到對話中的韻律。要怎樣說明是誰在講話、何時該加入一個小動作、何時該讓對話加速進行——把對白聽進耳朵裡，就會清楚多了。

我們有些客戶喜歡請朋友一起朗讀對話，就像在演練劇本那樣，有的則用錄音機錄下自己的朗讀。專心聽比念出來時更能聽出生硬之處。但不管用什麼方式，朗讀對話總能幫助你把它修改得更自然。

朗讀對話還能幫你發展出角色的獨特聲音。挑選一幕有兩三人交談的場景，大聲念個兩三遍，每次只念某個角色所說的話。先念第一個角色的對白，你可能可以感覺到他獨特的抑揚頓挫、專屬的講話風格（例如喜歡話講半句就岔開或停頓，語氣激越或硬直），還有特殊愛用的詞語等等。接著念第二個角色的對白，如果這人說話的方式和第一人相同，你就知道該再想想了。朗讀的時候，仍然要留心有沒有錯誤要改，也許可以改得更好。

以上所說關於對話的注意事項，也都適用於敘述和描寫。請看下面的例子：

> 是因為卡爾極為迫切地想要把他自己和他的家展示給入會審查委員會看，我才終於確定我們磨損多年的婚姻需要做點處理了。我從來沒想過要加入這樣一個團體，現在我發現我和卡爾不僅不再對事物有共同看法，就連我們關心的事也不一樣了。

同樣的，以上段落用看的沒有問題，可是大聲念出來恐怕就不大順暢，像是「卡爾和我不僅不再」。修改後的版本如下：

其實，是卡爾急著要把他自己和他的家（以及他老婆）展示給入會審查委員會看，我才終於確定這段磨損多年的婚姻必須改變。我從來沒想過要加入這樣一個團體，但如今我領悟到我和卡爾不僅對事物的看法不再相同，就連我們關心的事也不一樣了。

就算你寫的是血淋淋的恐怖小說，從來沒打算要讓讀者念出來（大概也不會有人真的去朗誦謀殺現場的描寫），大聲朗讀還是會對修稿有幫助。即使是本書，在修稿過程中，我們也都把每段文字朗讀了好幾遍。**【編按：在中文版的編輯過程中，我們也把每一段文字都朗讀了好幾遍。】**敘述和描寫的段落，一旦有了韻律感，朗讀起來就會平滑順暢。

一百多年前，馬克吐溫可以整本小說都用這樣的方式寫——

「喂，哈克，法國人講話給咱們不一個樣？」

「不噢，吉姆，他們講話你不會懂的——一個字也不懂。」

「呃，那，我糟了一個糕！咋的樣？」

「我可不知道，可就這樣，我從書上學了點他們的鬼話。要有人來跟你說坡里屋佛蘭西——你怎麼想？」

「我啥子也不想，我當頭踹他一個子兒。」

——而讀者照樣接受。

時代變了，今天很少作家會去寫像馬克吐溫那樣難懂的對話，可是新手作家卻往往愛用方言土語寫作，像是南方黑人腔、布朗區義大利腔或什麼山村土話。他們覺得這是捷徑。

也許是捷徑，但絕非大道。你使用特異的字詞寫法，必定會把讀者的目光從對話本身，轉移到這些字詞的意思上去。若真的很難懂，讀者的閱讀經驗就會很像是做翻譯，而非享受故事本身——現代人讀《頑童歷險記》**【譯註：*Adventures of Huckleberry Finn*，馬克吐溫例子的出處】**就普遍會有這種感覺。偶爾寫點方言、錯別字，讀者不會介意，但過分就不行了。

那麼，既然方言或怪字這條路行不通，要如何在對話裡顯露人物的籍貫來歷、教育程度或社會階層呢？最好的方式是透過遣詞用字、抑揚頓挫和文法來表現。比方說，你若能抓住新英格蘭人說話的特有韻律，你的人物就大致呈現出來了。

請看以下的例子，取自馬克班（Ed McBain）評論勒卡雷所著《祕密的朝聖者》（John le Carré, *The Secret Pilgrim*）：

> 我們當然不意外，勒卡雷憑其絕對音準的耳朵，能用英文重現筆下人物講外國話的腔調和風格。且聽，在以色列坐監的德國女孩布莉塔，用她的本國語言對聶德講話，翻譯成英文是這樣：
>
> 「你是不是個性不成熟，無名小卒先生？我想你可能是。在你這行，很普遍。你應該加入我們，無名小卒。你應該跟我們學學，我們會改變你的想法，變成跟我們一樣，那你就會成熟了。」

我們不是好像在念德文嗎？**【譯註：抱歉，此段恕難譯出德文感。】**

再看下面這個例子，取自凱瑟琳．柯特所著《奶與蜜之價》（Catherine Cottle, *The Price of Milk and Honey*）：

「我這麼晚不睡，不是要跟你吵架。」她說：「可是我要問清楚我們為什麼卡在這裡，為什麼我的孩子不能出頭露臉。」

「他們已經出頭了，他們生來好樣。」

「哪方面好樣？種甘蔗？我想為我倆和孩子們爭取最好的生活。」

「你讓我發瘋，你這麼嘟囔。本來我晚上可以忘記甘蔗田的。以前我都不太記得我爸我媽，現在——」

「如果我們離開這兒，你就再也看不到甘蔗田，你再也不會作關於你爸你媽的噩夢了。我不懂你為什麼不走。」

「我為啥要給你一個理由？理由弗是止痛藥，理由弗是快活新天地。」

作者並沒有寫錯字，也沒有故意漏寫什麼；沒作不必要的解釋，也沒有用副詞。除了第一句話有說明是誰說的以外，後面的都沒有註明。中間有一次話說到一半被打斷，有一次稍稍答非所問；兩位交談者每次講話也都不超過三句。可是你大聲念念看。你會感覺措詞很恰當，適合作者筆下南方黑人的口吻，像是真實的、活生生的人說的話。

你的所有對白都應該朝這個方向努力——要聽起來像是真人會說的話。解釋啦、副詞啦、古怪用語啦、錯別字啦，都幫不上你的忙，因為它們並沒有真的改變對白，對你寫出精妙對白沒有幫助。

而你如果一心想寫出好小說，你不會願意拿別的東西來取代好對白。

自我檢查

- 首先，大聲念出你寫的對白。敘述部分也要念出來。其實，你寫的每一個字都應該朗讀出來。
- 讀的時候，注意有沒有會讓你想修改措辭的地方。如果有，能改則改。
- 你的對白夠流利夠順暢嗎？能不能多用些省略語、片斷句子、隻言片語來代替完整句子？
- 對白如果顯得僵硬，是否你假借了對白形式，其實在解釋狀況？
- 你的筆下人物有多瞭解彼此？可曾在對話中答非所問，甚至大撒其謊？

• 關於方言，你用了很多古怪辭語或特殊俚俗語嗎？能不能改回正規用語，但仍然看得出有方言的感覺？

練習

A 本段取自我們寫作班的作業。請修改潤飾，減少生硬感。

他們靜靜坐了好一會兒，緩過氣來。蓋茨說：「我們這夥人一起潛水好些年了，相處十分融洽。我知道你很有經驗，可是你畢竟是新來的，希望你不介意我給你一個簡短口試，好讓我們確定你具備基本能力。」

「請儘管問，先生。」

「那好，我們直話直說。在不減壓的情況下，你在三個大氣壓力深度停留的時間最長是多久？」

「美國海軍潛水壓力表規定，在六十呎深度可停留六十分鐘，然後按照標準上升速率返回水面。」

「很好，惠勒先生，歡迎加入。你知道，我們不願冒險。我們下水的地點常常得要開十小時的車才找得到好醫生，而這個國家根本沒有減壓艙。我們『絕不會超過』壓力表規定。」

洛伊很孩子氣地咧嘴笑了，嘴裡叼著菸說：「你應該是說我們『通常不會超過』壓力表規定吧。」

B

下面原本是我們寫來提供寫作班練習的段落。先提醒一下，這裡頭包含了這兩章所談的每一個對話注意事項，還有一些是接下來的章節裡會談到的東西。

我從修車店的前窗往裡頭窺伺，沒有用，因為自從人類登上月球以來，光線就穿不透這窗子。

「有人在嗎？」我輕輕敲門。

一個男人從店裡出來，穿著油不拉嘰的工作服，拉鍊拉到一半，胸前口袋上繡著名字「列斯特」。我希望他沒有穿著這身衣服鑽進我的車。

「呀，哩咧有啥罵事？」他一邊咕噥著，一邊把雪茄菸頭從嘴裡取出，在我腳邊吐了一口痰。

「嗯，我姓鮑，我來取車。車修好了嗎？」我笑瞇瞇地說。其實，不管車子修好了沒有，我是不打算把車留在這裡了。

「等哈子。」他轉身走進店裡，拿起一塊油不拉嘰的寫字板，板子上夾著厚厚一疊表格。「啥罵名字哩說，彭先生？」

「鮑～先生。」我說。說話的同時心裡想著，你這個白癡。

「噢，是噢。」他說著，捏著那疊表格前前後後地翻。「沒看見哩的，鮑～先生，不好意思。」

「什麼話，不好意思？我的車明明在你這兒，修沒修好是另一回事。」我向來是個有耐心的人，但此刻我的血開始沸騰了。

「哩知啦，出了搓，哩想咧——我哪有空，嘎每個顧可都攬熟？」噢，我敢說，顧客如果夠漂亮，你一定會跟她們搞熟。「你也許是鮑先生，也許是他表哥，說不定你還是州長大人哩，誰曉得。」他繼續說：「可是差非你有文件，我有同央的文件，我是弗會給你啥罵車的。招我看，你沒在這夾子上，沒你這個人。」

7・內心獨白

> 大吉一邊摸著口袋裡的點三八手槍，一邊大搖大擺走到他的卡車後面，吐了一口痰。昨天晚上就該阻止這整件狗屎事的——結果他們居然沒帶槍。事情要做就要做好，不然算啥名堂？他搖晃著身體，重心從一隻腳換到另一隻腳，又吐了一口痰。遊行的聲音愈發靠近。
>
> 時候就要到了。

前面我們已經討論過，人物的情緒可以用對白本身來表露，也可以透過親密觀點敘述法的選詞用字來顯露。現在我們再談第三種方法，內心獨白。現代作者也許是受到電影電視的影響，寫作時注重視覺效果，喜歡從特定觀點來寫場景，用場景來鋪陳故事。但小說擁有視覺媒體所沒有的長處。如果把以上段落（取自寫作班學員作業）拍成電影，優秀的演員可以演出大吉在等什麼，演出大吉的緊張與懊惱，但觀眾沒辦法瞭解大吉內心的細微感受，更不知道原因。

可是在紙上，讀者可以清楚讀到大吉的感受，因為他們很容易往返於大吉的所思與所行之間，根本不覺得有何奇怪。仔細想來，我們可以看到大吉的腦袋裡在轉什麼念頭，這是很奇妙的。用文字講故事跟其他媒介的一大殊異，就是能夠呈現出行動或言語並未表達出來的想法，也就是一個人的內心獨白。

你可以想像，讓讀者看到人物的心思，是刻畫人物個性的一種方法，既強烈又親密。你或許也能想像得出來，內心獨白既然這麼有力、這麼好寫——儘管不見得可以寫得好——小說作者常常會使用過度。看看下面這段寫作班學員的作業：

「麥克，你怎麼跑來了？」她希望她的聲音聽起來平穩自然。她知道自己快要撐不住了，但還是努力保持距離，以專業的態度面對麥克。

「我得請你幫忙。」他說。

「為什麼找我？」他明明知道她討厭他嘛。

「因為我信任你。」

蘿拉搖搖頭，從辦公桌的第一個抽屜裡取出筆記本。

「我給你三位頂尖心理治療師的名字。」她一邊說，一邊埋頭寫字：

「你可以挑一個最合意的。」

「不是要請你幫那種忙。」他的聲音既威嚴又帶著請求：「我是在執行警察公務。」

蘿拉覺得怒氣孳生，惱怒他如此侵擾她的生活。他愈早走開愈好。

「那就快說吧，麥克。」

大部分讀者會覺得這段文字有點煩，不斷打岔。不論是閱讀還是生活，我們都不喜歡被打岔，但這位作者一再用內心獨白來打斷這段對話，幾乎是蘿拉每說一句話我們就得到她腦袋裡打個轉。

好，那要怎麼知道內心獨白用得太多了？在這個例子當中，有些內心獨白所表達的想法在對話裡已經清楚顯示（他明明知道她討厭他），有些則是換個方式來解釋對白（蘿拉覺得怒氣孳生）。再說，就算這些獨白都合理、深入地呈現了蘿拉心裡的想法，也用得太多了，破壞了對話的流暢性——而流暢的對話本身就足以表現情緒。

有時候你也可能內心獨白寫得太少。以下這段是我們的一位作者所寫，講檢察官妮雅為了參加父親的葬禮，三十年來首次回到故鄉。她的警官丈夫賽蒙因為必須出庭作證，沒能與她同行。魯柏則是地區檢察長，她的上司。

我正在淋浴時，電話響了。我抓了一條毛巾，匆匆回到臥室。

「嘿，寶貝。」賽蒙說。

「嗨。」我說。

「事情進行得怎麼樣？」

「席莉姑媽今天早上跟我一起籌劃葬禮。我還去醫院探望了貝比姑媽，她心臟出了問題。」

「真希望我能在那兒陪你，可是看來我花在證人席上的時間，會比原本以為的更久一些。被告律師今早說他要多花兩天訊問證人。」

「你跟魯柏還處得來吧？」

「這麼說吧，他走他的陽關道，我過我的獨木橋。」

「能避就避吧。」

「我在想，」他說：「我們應該出去玩幾天。」

「我還得在寶拉村待上一陣子，處理爸爸的資產，賣掉房子——」

「等我們去玩回來，有的是時間做這些事。」

「時機不恰當，賽蒙。」

「老實說，我已經在小馬河口訂了一間房。我老闆說那裡的海灘很棒。」

「你不是說你只是在想而已嗎。」

「我想過了，我作了決定。我希望你願意去。」

「對不起，我不能去。」

「你不能不去。你不去，我的訂金就泡湯了。」

「那不能怪我，賽蒙。你訂房前應該先問我一聲。」

「我想讓你開心一下，看來我白費心思了。」

這段對話很麻辣，角色的聲音清晰有力；到了場景末尾，賽蒙的操弄心態昭然若揭。若單看這段對話，會以為賽蒙與妮雅兩人感情彌篤，但其實看了前後文就會知道，妮雅此刻已筋疲力盡，實在不想應付賽蒙的操弄，而且在整段對話中都覺得受到他的壓制。妮雅的疲憊和受欺壓的感覺，不能只在前後文裡表現，也必須在這個對話場景裡呈現出來。妮雅和賽蒙講電話時，這些感受一直都在，但因為她不敢說，所以作者無法用對白把妮雅的想法表達出來。然而，若在敘述之間添加描寫，透過帶有情緒和情感的描寫傳遞出妮雅的感受，又很難不打斷對話的節奏。另外，只有幽微的情緒才適合融入描寫，但妮雅此刻的情緒，卻是她可以清楚意識到的。她知道她累死了，知道她受到欺壓。此刻要表現妮雅情緒最好的方法，就是用內心獨白。現在來看看添加了內心獨白後，這段對話會變成什麼樣子：

我正在淋浴時，電話響了。我抓了一條毛巾，匆匆回到臥室。

「嘿，寶貝。」賽蒙說。

要命了。我還有沒有力氣應付席莉姑媽都很難說了，更不要說是賽蒙。可是如果不理他，他就會大吵大鬧，我只好說：「嗨。」

「事情進行得怎麼樣？」

「席莉姑媽今天早上跟我一起籌劃葬禮。我還去醫院探望了貝比姑媽，她心臟出了問題。」

「真希望我能在那兒陪你，可是看來我花在證人席上的時間，會比原本以為的更久一些。被告律師今早說他要多花兩天訊問證人。」

「你跟魯柏還處得來吧？」

「這麼說吧，他走他的陽關道，我過我的獨木橋。」老天，又是一件讓我掛心的事。猜也猜得到陪審團看出了這兩人之間的緊張關係，連地區檢察長都不喜歡他自己的證人，陪審團又憑什麼要喜歡證人呢。可是我現在沒力氣管這個，所以我只是說：「能避就避吧。」

「我在想，」他說：「我們應該出去玩幾天。」

「我還得在寶拉村待上一陣子，處理爸爸的資產，賣掉房子——」

「等我們去玩回來，有的是時間做這些事。」

「時機不恰當，賽蒙。」

「老實說，我已經在小馬河口訂了一間房。我老闆說那裡的海灘很棒。」

要命加三級。我整個人癱進老爸那張連彈簧都鼓起來了的老躺椅上，說：「你不是說你只是在想而已嗎。」

「我想過了，我作了決定。我希望你願意去。」

「對不起，我不能去。」

「你不能不去。你不去，我的訂金就泡湯了。」

「那不能怪我，賽蒙。你訂房前應該先問我一聲。」

「我想讓你開心一下，看來我白費心思了。」

你說，內心獨白要寫多少才恰到好處呢？很抱歉，這事你得自己判斷，考慮的因素包括了人物的感受，這感受在當下對故事有多重要，你希望這個場景以怎樣的節奏進行，以及，如果不用內心獨白，這感受是否已經透過其他方式表現出來了。一旦瞭解內心獨白可以帶來的效果，你應該就能決定要寫多少。

接下來，要如何讓內心獨白讀起來平順練達呢？就跟寫對白一樣，金科玉律是避免突兀。除此之外我們只給你一條規定：絕對不要為內心獨白加引號。這麼做不但礙眼，而且根本不合文法。想法只存在腦袋裡，它不是說出口的話。

讓你的人物自言自語或低聲喃喃，效果通常也不好：

「知道了，老闆，我馬上辦，老闆。」他說，然後低聲自語：「等我先吃完午餐就去。」

如果你在寫一個很輕的故事，講一個鬱悶的人，偶爾用這種方式或許可行。但一般來說，這樣寫只會讓讀者覺得做作。

除了這一條禁令跟一條建議之外，你要怎麼處理內心獨白，全看你的敘述距離。每個人都是用自己習慣的語彙來思考，所以你筆下人物的內心獨白，就跟他說出來的話一樣，永遠是他自己的聲音。如果你的敘述聲音不同於這個人物，他的內心獨白就應該有別於你的敘述聲音，讀者才容易區分。

如果這兩種聲音很不同，你可以加上「他想」、「她自忖」之類的說明詞，這些說明只不過是讓讀者知道是誰在想。但是，這方法通常只有在你使用相當遠距離的觀點時才用得上，例如下面這段文字，取自喬伊斯的《一個青年藝術家的畫像》（James Joyce, *Portrait of the Artist as a Young Man*）：

> 在小溪中央，一個女孩站在他前面，獨自一人，站立不動，凝視大海。她奇異而美麗，像隻魔法變幻出來的海鳥。修長赤裸的雙腿優雅如鶴，膚色純白，一縷翡翠色海帶黏在皮膚上，像一款簽名式。她豐滿的大腿柔滑如象牙，幾乎裸露到股根，白色短褲的鬚邊像白色鴨絨在股根處輕掃。灰藍色的

裙子大膽地捲到腰際，垂在她後面。她的胸部像鳥胸，小而軟，軟而小，像深色羽毛的鴿子。可是她淺色的長髮卻很女孩子氣，女孩子氣，以血肉凡軀奇妙的美麗，輕觸她的臉頰。

她獨自一人，站立不動，凝視大海；當她察覺他的存在，以及他崇拜的眼神後，她將眼光轉向他，彷彿靜靜容忍他的凝視，既不羞慚也不作態。長久、長久，她任由他注視，然後默默將目光從他身上收回，轉而垂目望著水，這裡那裡輕輕踢動流水。流水受擾，發出的第一聲微響打破了寂靜，那聲音低微細碎，輕悄如睡眠的鈴鐺；這裡那裡，這裡那裡：她的臉頰隱隱現出淺淺顫動的紅霞。

——老天爺！史蒂芬的靈魂喊道，褻瀆的喜悅爆發出來。

他猛地轉身，往岸邊移動。他的臉頰像火燒似的，身體放著光，四肢顫抖。他往前走啊走，走啊走，越過沙灘遠遠走開，向大海狂歌亂唱。生命高呼著向他示現了，他也以狂呼迎接致敬。

在這一段裡，喬伊斯需要用完全不同於少年史蒂芬的聲音來寫作，因為少年史蒂芬（與絕大多數人一樣）沒有那份藝術性，無法精確捕捉他所體驗到的神靈顯現的頓悟之感。喬伊斯說明了「史蒂芬的靈魂喊道」，讓讀者知道「老天爺！」這一句是史蒂芬的聲音。

像這樣的例子應該是少有的例外。一般人在寫作時，十有八九採用單一觀點，這樣的話，你根本就不必提是誰在想，讀者自會看得出來。

他是存心要殺她嗎？不會的，他想。

他是存心要殺她嗎？不會的。

另一種凸顯內心獨白的方法是，當敘述者是第三人稱時，內心獨白改用第一人稱來寫。當獨白者清楚意識到自己在思考的時候——他等於是在心裡自問自答——這種寫法最有效。【編按：在英文裡，這種第一人稱獨白有時候以斜體字表示。在中譯本裡，我們用粗體字呈現，請看下面的例子。】

他才剛把郵件從信箱裡拿出來，正要拿鑰匙開門，就聽到金屬喀嚓聲。

他回頭一望，看到他的積架跑車正緩緩滑下車道。

他立刻衝過去。車子移動得比表面看起來要快，但是他奮力追上，抓住車子的後保險桿。

好啦，現在怎麼辦？

他停下來，喘氣，眼看著車子滑到車道底，滑向擋土牆。

這樣的寫法可以讓讀者進入人物的腦袋裡，但是別太常用。在心裡自問自答很容易淪為花招，用多了，你的人物會像是多重人格。

再說，除非你刻意以遠距離敘述法來寫，否則實在沒必要用第一人稱來寫內心獨白。因為，如果內心獨白是第一人稱，而故事是用第三人稱來敘述，讀者自然會覺得敘述者和獨白者是不同的兩個人。但如果這兩者其實採用同樣的觀點，你也用了同樣的聲音來敘述和獨白，那讀者就會隱約感覺有什麼地方不太對勁，故事就抓不住他們了。所以，還是用第三人稱來寫內心獨白就好，完全不用提是誰在想，這樣寫最簡單。

我是存心要殺她嗎？他想。

他是存心要殺她嗎？

如果你要寫一段比較長的內心獨白，而且仍然是用遠距離的敘述觀點，也許你可以把內心獨白單獨寫成一段。這樣的寫法，特別適用於獨白者心境發生轉變的時刻：

孟若在診察室外找了張塑膠椅坐下來，拿起一本雜誌翻閱。

他想騙誰呀，他明知以目前的心情他什麼也讀不下去。不過，看看廣告圖片還是比瞪著其他病人看要好，更比去想會發生什麼事好多了。

你會問，如果第一人稱和另起一段都是只能偶一為之的手段，那什麼方法才是常用的呢？以親密觀點敘述時，又要怎麼區分敘述與內心獨白呢？很簡單，根本不要去區分。當描述文字與內心獨白難以區分的時候，就表示你是用親密觀點來寫作，讀者可以在人物的眼所見和心所想之間來去自如。請看以下段落，取自寫作班作業：

他翻到書的封底，瞪著那句推薦辭細看。「清晰深刻的巨著，出自最傑出的臨床醫師兼病理學家手筆。」署名為醫學博士卡佛二世。

龐德把書用力擲向牆壁。

卡佛曾經是龐德最好的朋友，龐德出獄以後，把艾莉絲拐跑了的就是他。那正是龐德最需要這兩人的時候。這推薦辭應該署名為：騙子卡佛二世。

前兩段顯然是敘述，但到了第三段，是敘述還是內心獨白就有點難說了。這一段的開頭像是在寫背景故事，可是結尾時我們顯然已經進入龐德的內心。這內心獨白是第三人稱過去式，用的語言就是龐德會說的話，如果當時他有說出口的話。從敘述到獨白之間的轉接非常流暢，完全不著痕跡。

當然啦，如果你用第一人稱，這樣的轉接自然會很順。下面這段取自蘇·葛拉夫頓的作品《M代表謀殺》（Sue Grafton, *M Is for Murder*），請注意我們在觀察與思考之間遊走得多麼自如：

> 我環視周遭，找到一份卷宗，裡面全是報導蓋伊往日作為的剪報。我慶幸警方還沒來這裡搜檢，還沒把卷宗拿走。話說回來，警方拿到的搜索狀可能沒有包含這麼廣，即使來搜檢，他們能拿走的可能也只有凶器而已。我翻閱剪報，速讀內容，尋找奧思偉或類似的名字。沒有。我又去檢查桌上的文件匣，也沒發現任何可能有關的東西。又是一條死胡同，不過來此查看是對的——某個懷恨的人要讓蓋伊日子難過。我把卷宗夾在腋下，離開房間，邊走邊關掉所有的燈。

再給一個忠告。即使是第一人稱，在某些情況下，你還是需要區分內心獨白與敘述的聲音。有些第一人稱的小說，是敘述者講他自己過去發生的事。這樣寫的原因通常是，用敘述者成長後的聲音來講述事情，可以給故事一個比較高遠的觀看角度。這麼一來，雖然都是同一個人在講故事，但敘述的聲音卻有兩個：一個是現在的敘述者，一個是當年的敘述者。因為事過境遷，這兩人的所思所想當然可能會不一樣，在這種情況下，就要仔細區分，哪些內心獨白是「現在的我」的想法，哪些內心獨白屬於「過去的我」。下面這段節選自瑪麗·雷諾所著《頌詩歌手》（Mary Renault, *The Praise Singer*），這是一部歷史小說，時間設定在古希臘，敘述者席蒙奈是作歌詞的詩人，在他退休時，他回想起早年自己剛剛成為詩人、哥哥席亞斯邀請他首次返鄉的情景：

席亞斯拍拍我的肩膀說：「下次寫封信來，好讓我們跟朋友炫耀一下。沒人想到你會成為學者。可是你怎麼啦，不知道該怎麼做？難道你離開太久，已經忘記阿波羅節了？」

他說得不錯，我確實忘了。圓月已缺，等新月出來的時候，就是節日了。

「只管去參加比賽。」他說：「去唱詩，像你今晚那樣唱，其他人就知道他們根本沒得比。」

如今，我早已對在神廟裡唱詩一事不復記憶。以前那個畏畏縮縮的小男孩隨著時間改變了；世道與人心，學藝與技巧，自尊與憤怒，改變了他。現在是一個男人在想：不錯，我可以在父親面前唱詩。

請注意，作者描寫席蒙奈經歷時間而成熟（「隨著時間改變……」），是從成年席蒙奈的觀點來寫，他正是此書的敘述者。由於敘述者的聲音比故事當時的席蒙奈成熟許多，作者不得不用「現在是一個男人在想」來區分兩者。

先前我們就說過，只要你能控制敘述的距離，就可以製造出各種各樣的效果。現在，如果你還可以把內心獨白和不同距離的敘述混搭使用，效果將更多采多姿。下面這段文字取自我們一位客戶的手稿。莫里斯博士專研化學藥品，卻逐漸陷入毒品造成的精神錯亂狀態。他正要去公司董事會爭取研究經費：

他走進會議室，發現天旋地轉、一片混亂。四面牆壁翻滾，像是火熱的魔風吹襲。十二位董事都化身為各種野獸（不然就是他如今才看清他們的真面目）。他立刻可以察覺，這群人在等他時吃下的烤牛肉三明治，正象徵了他們的生活方式——掠食弱小、遲緩者的血肉。佐拉斯抬眼看他，牙縫間沾染血跡，臉上的詭笑一半是睥睨。丁士德伸出手來拉他的手，好像是要他默認這些野獸的敗德，這手一握就等於放任這些惡棍逐步掠奪環境。自從第一個國王聲稱他比周遭群眾更高等，豢養了一批貴族幫他一起剝削勞動人民的血汗開始，這些人就在掠奪環境。他們壓榨莫里斯的心血與努力，換取金錢，在格林威治、西港等地購買有網球場和游泳池的豪宅，他們在豪宅裡坐享黑僕伺候，老婆不在家時他們多半就搞上女僕，等她生了私生子就打發她去佛羅里達住，而她既沒受過教育，自然不知應該討取贍養費。她乖乖聽命，就像莫里斯的祖父。當年這些混蛋把祖父趕走，讓祖父失去農場失去整個人生，害得他喝酒上癮，終於年紀輕輕就死了。現在這些人裝模作樣坐在高背厚墊的椅子上，就因為他們有錢有勢，要逼莫里斯俯首就範，搖尾乞憐。哼，他才不會！

莫里斯高舉金色龍舌蘭的空酒瓶，對愛賽特化學公司的董事會說出的第一段話是：

「你們這些骯髒下流、勾搭黑女僕的混蛋，你們殺了我的祖父。你們要下地獄，讓烈火焚燒一千年。你們未來的二十三世輪迴都會是蟑螂。去死吧，你們這些噁心渣滓！」

莫里斯博士就這樣丟掉了他在愛賽特化學公司的職位。

請注意，這位作者用了多種敘述距離，而且運用得很好。這小說的第一部分主要是從莫里斯的觀點寫成，但隨著莫里斯的神智愈來愈不清楚，敘述觀點就變得愈來愈疏遠。以上所引段落的最後三段差不多都是用全知觀點寫的——幸好如此，因為此時讀者頂多只能忍受在莫里斯的腦袋裡停留一兩頁。

從《故事造型師》第一版面世以來，我們發現很多作者接受了我們關於「演」和「說」的建議。但他們往往做過了頭，有時寫出來的東西像是消過毒，描寫精省至極，對話也瘦得只剩骨頭。其實小說內涵可以非常豐富，非常有深度，內心獨白尤其能展現層次。只要留心不過分，你可以透過內心獨白邀請讀者進入你筆下人物的心，有時效果驚人。

好好掌握這門技巧，你的努力不會白費。

自我檢查

- 先看看你寫了多少內心獨白？拿出螢光筆，把發生在某人腦袋裡的句子畫出來。
- 如果有很多，檢查是否有些表面上是內心獨白，其實是真實對話的偽裝？你是否用內心獨白來呈現原本應該要描述出來的事情？有些比較長的內心獨白，是否應該改寫成場景比較好？
- 有沒有哪些內心獨白被你註明了是誰在想，但其實最好不要註明，代以第三人稱，或將內心獨白另起一段，或用不同字體表示，或單純就是刪掉「誰想」的註明就好？
- 你到底是用哪種手法來處理內心獨白？你是直接註明是誰在想、用不同字體來表示，還是你在第三人稱觀點的敘述中，用第一人稱的方式來處理內心獨白？如果是後者，你的第三人稱敘述是否採用了遠距離觀點？也就是說，你處理內心獨白的方式，是否和你的敘述距離互相搭配？

練習

A 請修改以下段落：

「小姐，打擾一下，我馬上要在二〇六室主持一個研討會，需要借一台投影機。」站在視聽室門口的這個人，竟然穿著格子呢外套，手肘處鑲著皮補丁。他需要的其實是一根菸斗，金白莉心想。

「好啊，你想借投影機或別的什麼，你得事先填好表格。」她輕快地說：「這樣我們才能，嗯，排好次序，然後——」

「我知道。我三星期前就送出申請表了。」

好吧，她想，那時候視聽室還是艾德在管，他應該會處理，是吧？我曉得艾德有點漫不經心——我有空的時候一定得清理一下辦公室——不過他大致都能把事情辦好。

「你去研討室看過了？」她說。

「去了。」他回答：「投影機沒在那兒。」

啊，天哪，她想。真是的，我才上任十五分鐘，就遇上了這種大差錯。

「好吧，你有沒有，那個什麼，你的課表？」

他把手提箱啪地打開，手伸進去，取出一張很眼熟的綠色卡片：「這就是。」

沒錯，卡片上註記得清清楚楚。「等我一分鐘。」

她鑽進辦公室，挖出夾著所有申請書的筆記板。五分鐘後，他等得不耐煩了，伸頭進辦公室。

「小姐，我快要遲到了。」他急躁地說。

「好啦，先生。」老天，她想，他總要給她一點時間嘛。「你的課程編號是？」

「A3205。」

她又查了一遍所有表格。根本就沒有A3205。「教室編號是？」

「剛才告訴過你了，是二〇六。你就現在給我一台投影機，不行嗎？我可以自己扛過去。」

「不行，我們沒有多的。你要一台，我們就得查清楚該給你的那一台跑到哪兒去了。」她又把表格翻了一遍，忽然她找到了。「好，問題是這樣。我這裡的註記是二〇六教室的課程是A9631，『在家做新鮮嬰兒食品』。投影機應該就在那裡。」

「小姐，投影機不在那裡。」他冷冷地說：「所以我才來找你。」

老天，她想著到底該怎麼做才能討這個人歡心。「你確定不在那兒？你有看過儲物櫃嗎？」

「二〇六室沒有儲物櫃。」

「一定有的，那是餐廳旁邊那間大教室，對吧？」

「不對，那是電梯附近的小房間。你在這裡工作多久了？」

「久到很熟悉這棟大樓了。」怎麼樣？她想。「你是穿過天井到這邊的嗎？」

「嗯啊，是，沒錯。」

哈，抓到他了。「是這樣的，我們不處理大樓那邊的事情。你得找P棟的視聽室，就在樓下，會計室旁邊。」

「噢，這樣啊。」他看看錶。「好，謝謝你。」

「嘿，沒什麼，很高興能為您服務。」

B

重寫以下場景，改變裡頭內心獨白的呈現方式，讓敘述距離比較親密：

已經兩星期沒下雨了。清早，溫士敦沿著松林路走到十字路口的郵筒，去年的枯葉在他腳底下喀嚓喀嚓響。正要跨出林子、踏上戴蒙農場附近的空地時，他嗅了一下。是木頭燃燒的氣味。

森林野火？天這麼暖，不會有人燒柴火的。難道有鄰居沒先申請就擅自焚燒枯枝？

C

你又有機會修改專業作家的文稿了。下面三位作者都寫了效果極強的內心獨白，可是如果稍作技術性的修正，效果可以更好。來玩玩吧。

「要知道，」史邁力解釋：「我們對道德的堅持不會鬆懈。自利為己太小器了，權宜行事也一樣。」他又打住，仍然深深沉浸在自己的思想裡。

「我要說的，我想是，如果你時不時受到人性的誘惑，希望你不要因此認為自己軟弱，而應該給它一個機會，聽聽它怎麼說。」袖扣，我忽然靈光一閃。喬治是在回想那老人。

——勒卡雷，《祕密的朝聖者》

「你去過嗎？你年輕的時候？」

「我去跳過舞。」醫生回答：「我專門幫人倒可樂，我非常擅長分派可樂給每個人。」他扶她坐上椅子。「好啦，我能幫你什麼忙？」

阿曼達把筆記本放到地板上，告訴他她來此的目的。

老天爺，他想，真不知道他還要行醫多少年，才學得會不要對任何事感到驚訝。

——愛倫．吉兒克萊斯，《天使報喜》

戴立許想：這不是我的案子，我不能強力阻止他。但他至少應該確保通往屍體的一路上不要受到破壞。他二話不說，領頭前行，梅爾跟在後面。為何這麼堅持一定要看到屍體？他想不通。是要讓自己確定她、真的、死了？科學家非得認證、實證不可？還是說，想像比親眼見到更恐怖，而他想要祛除這種恐怖？又或者是，因為只要警方一來，調查謀殺案的各種官樣手續展開之後，便會玷汙了他倆之間曾有過的那份親密，而他卻有更深層的衝動，必須在警方抵達之前、在黑夜的寂靜與寂寞中，站在她的屍體旁向她告別？

——詹姆士，《死亡賞味》（P. D. James, *A Taste for Death*）

8・小動作

「蘿拉的病很複雜。」我說：「你恐怕得——」

「我太太就是個神經病。」他說：「我還以為如果家裡有人發瘋了，醫生會告訴家人。」

我嘆口氣說：「有時候會。」我承認。

他說：「但你不認為我太太發瘋了，是吧？」

我愈來愈受不了。「我希望你不要開口閉口說人發瘋。」我不耐煩地說。

「你怎麼想，我才不管。」他說：「明明我太太就該進瘋人院。」

我心想，他的措辭真古怪。「這年頭已經沒有瘋人院了，韋先生。」我指出。

他站起身，走到窗邊往外看，然後轉回身面對我。

「不管叫什麼，」他說：「就說是醫院吧。」

我取下眼鏡，揉揉眼睛。「為什麼你認為她應該住進醫院？」我問他。

「幻覺。你聽過這玩意兒吧？」

「聽過一兩次。」我諷刺地說，覺得自己快要爆發了。「你來告訴我蘿拉的幻覺好了。」

「她一直在想些莫名其妙的事情。」他說：「日常生活裡的事情都胡思亂想，認為別人做什麼都跟她有關——跟她自以為具有的超能力有關。喔，可是我忘了，你也信女巫這玩意兒。」

讀到這裡，你應該已經看出這段對話有幾個毛病。本例採自法蘭．朵芙所著《合理的瘋狂》初稿。文中有幾個帶解釋性質的「誰說」以及一個可以省略的「誰想」，有幾個關於對話場景的描述，還用了一個副詞。但你仔細讀這段對話就會發現，雖然有這些技術上的毛病，骨子裡這段對白仍然寫得相當俐落。前述那些解釋性詞語蓋掉了現場的緊張氣氛，但緊張氣氛仍然存在。

不過，就算刪掉了沒必要的解釋性詞語，還是無法完全呈現出緊張氣氛。我們先這樣改：

「蘿拉的病很複雜。」我說：「你恐怕得——」

「我太太就是神經病。」他說：「我還以為家裡有人發瘋了，醫生會告訴家人。」

我嘆口氣說：「有時候會。」

「但你不認為我太太發瘋了，是吧？」

我愈來愈受不了。「我希望你不要開口閉口說人發瘋。」

「你怎麼想，我才不管。明明我太太就該進瘋人院。」

他的措辭真古怪。「這年頭已經沒有瘋人院了，韋先生。」

他站起身，走到窗邊往外看，然後轉回身面對我。

「不管叫什麼，」他說：「就說是醫院吧。」

我取下眼鏡，揉揉眼睛。「為什麼你認為她應該住進醫院？」我問他。

「幻覺。你聽過這玩意兒吧？」

「你來告訴我你認為幻覺是什麼好了，韋先生。」

「她一直在想些莫名其妙的事情。」他說：「日常生活裡的事情都胡思亂想，認為別人做什麼都跟她有關——跟她自以為具有的超能力有關。喔，可是我忘記了，你也信女巫這玩意兒。」

緊張感逐步升高，沒錯，可是還沒發揮到淋漓盡致。以下是最後定稿版本：

「蘿拉的病很複雜。你恐怕得——」

「我太太就是神經病。」他說：「我還以為家裡有人發瘋了，醫生會告訴家人。」

「嗯，會的。」我說：「但是——」

「但你不認為我太太發瘋了，是吧？」

「我希望你不要開口閉口說人發瘋。」

「你怎麼想，我才不管。明明我太太就該進瘋人院。」瘋人院？

「這年頭已經沒有瘋人院了，韋先生。」

「那就說是醫院吧，管它叫什麼。」

我取下眼鏡，揉揉眼睛。「為什麼你認為她應該住進醫院？」我問他。

「幻覺。你聽過這玩意兒吧？」

「你來告訴我你認為幻覺是什麼好了，韋先生。」

「她一直在想些莫名其妙的事情。」他說：「日常生活裡的事情都胡思亂想，認為別人做什麼都跟她有關——跟她自以為具有的超能力有關。喔，可是我忘了，你也信女巫這玩意兒。」

經過這麼一改，張力強到好像要繃裂了。差別在哪裡？把那些沒必要的解釋詞語刪掉是其一，但更重要的是，在最後的定稿中，對話比較少被打斷，也就是「小動作」少了。

什麼是「小動作」？

在本書裡，這是個術語，專指在場景描寫中插入的一些動作，像是一個人走向窗邊或是摘下眼鏡揉眼睛。通常是指肢體動作或手勢，不過有時候一小段內心獨白也算是一種心裡的小動作。

小動作有好幾種作用。

其一是讓你調整對白的步調。但用的時候請小心，小動作本身就跟內心獨白的效果一樣，用多了，真正發生在故事裡、推動故事前進的對白可能會因此停滯了。如果你很擅長構思小動作，你難免會用得多了些。或者你用小動作來表達人物的情緒，結果讓小動作就像是伴隨著對白的眉批。

以下例子取自姬兒·羅賓森所著《洛辛格醫生與憧憬的年代》（Jill Robinson, *Dr. Rocksinger and the Age of Longing*）：

> 海迪撿起幾個蘋果，是我剛買來、擦抹乾淨了的。「你愛蘋果。」他把蘋果放回我用來存放水果的草籃。「我們來放點音樂吧。」
>
> 我想這說不定會吵醒孩子們，但我決定不提。我在工作時偶爾也會放些音樂的。他看出我有點猶豫。
>
> 「你是不是擔心吵醒孩子？那我們不要放好了。」
>
> 「噢，他們習慣了。」我沒說我總是放柯普蘭的音樂，以及貝多芬和莫札特的名曲，孩子們有時會從樓上大喊要我放小聲一點。我脫下外套。如果我這個老女人想要勾引別人，大概不該太膽怯。
>
> 他很內行地在唱片與錄音帶堆裡尋找，仍被我稱為留聲機的音響就在旁邊。布林總是說：「為什麼？你覺得把音響稱之為留聲機很可愛嗎？你明知這叫作音響。為人父母的不應該裝可愛。」

「嘿，這個很不錯。」海迪挑出一張查克．曼卓林的專輯，是我衷心喜歡的。

「喔，我好愛這張。」我說。我們有共同點了。

與本章開頭的瘋人院例子一樣，這段對話很棒，可是小動作太多了，內心的與肢體的小動作都有，淹沒了對白本身製造的效果。雖然這些小動作很有趣，寫得也很好，卻總是打斷對話，讓讀者毛躁。

小動作也可以連結對話與對話背後的人與景。小動作是偶然出現的一點點畫面，引導讀者對情境的想像。有些作者因為缺乏自信，會用太多小動作。他們認為，如果人物的一舉一動你都描寫出來了，讀者一定能理解你所描寫的動作。下面這個例子就是這樣：

「老爸，你看見今晚音樂會的票沒有？」

晚餐後我正在洗碗，南西忽然來問。洗碗是一天中我最享受的時刻，水的沖刷、洗碗精的氣味、洗乾淨的盤碟發出的閃亮，都會給我一種心靈的撫慰。因此，我不願買洗碗機。

「不是在烤麵包機後面嗎？」我擦洗一只餅乾烤盤，用自來水沖過，放在瀝乾架上。

她抓住烤麵包機，舉起來，麵包屑灑得台子上都是。「沒有。」

我用海綿擦洗了幾把奶油抹刀，花了點時間刮掉一點沾在上面的麵包渣。「呃，老爸並不是要教訓人，請問你最後一次是在哪看見那些票子的？」

「我不知道，所以才問你。」

我沖洗那幾把刀，然後丟在瀝乾架上，開始處理碟子。「你沒問過你哥？」

她瞪了我一會兒，然後說：「我要殺了他，我發誓！」說完她就跑了，而我還來不及告訴她，殺他的時候別大呼小叫。

你把每個動作的細節都描寫得一清二楚，讀者就會對情況瞭如指掌，但你同時也限制了他們的想像力，而且，描寫得太詳細了，他們反而不能融入。動作描寫得太精確，就跟描述人物的情緒一樣，有點瞧不起讀者的意味。最好還是給讀者一些暗示就好，讓他們自己去填補中間的空白。這對讀者是一種讚許，表示你認為他們很聰明、有想像力。這也會讓對白場景推進得更為流暢自然。

當然，說不定你犯的錯正好相反，小動作用得太少。如果一頁又一頁都是持續不斷的對話，即使是很棒的對話，也會讓人眼花撩亂而失去興趣。下面這個例子取自東妮．莫里森所著《最藍的眼》（Toni Morison, *The Bluest Eye*）：

「他們要把黛拉怎麼樣？她沒親沒故？」

「有一個姊姊從北卡州上來照顧她，我想她會把黛拉的房子弄到手。」

「噢，別這麼說，你把她想太壞了啦，我不敢聽。」

「要不要打賭？亨利．華盛頓說這姊姊十五年沒見黛拉了。」

「我本來想著亨利遲早會跟黛拉結婚的。」

「娶那個老女人？」

「哎，亨利又不是膽小鬼。」

「他不膽小，可也不是一隻禿鷹。」

「他以前結過婚嗎？」

「沒有。」

「怎麼會？有人把他閹掉了嗎？」

「他就是挑三揀四。這裡有誰你想嫁的嗎？」

「嗯……沒有。」

「他是個聰明人，安靜辦事的好員工。我希望事情結果還好。」

「會的。你怎麼收費？」

「兩週五塊錢。」

「這對你不無小補。」

「就是說。」

很顯然，這段場景裡只有對白，還需要添加一兩個小動作來讓場面更真實。如果你回頭看看前面法蘭．朵芙那個瘋人院的例子，修改過的版本還是保留了一個小動作（「我取下眼鏡，揉揉眼睛」），以及一點點內心獨白（「瘋人院？」）。對白與小動作之間也要取得恰到好處的平衡，就像敘事和場景描寫之間必須取得平衡一樣。

可是，什麼是恰到好處的平衡呢？這沒有絕對的規則可循，但是有一兩條原則，可以幫助你找到適合你故事的平衡點。要記得，小動作可以幫你的讀者想像對話發生時的情景。就跟其他的描述方式一樣，你要給讀者足夠的細節，好讓他們發揮想像力，也要留下足夠的空白，讓他們能有想像的空間。你要描述動作，可是不要做過頭。比方說，如果對話是在晚餐桌上進行，只要偶然說到有人掉落叉子，或是某人抿了一口酒，就足夠讓讀者置身其中了。不需要把整頓晚餐從湯、沙拉一路寫到餐後小點心。

需要多少小動作，端看你這段對話的節奏。好的對白如同好音樂，有升降起伏。你想要某處氣氛緊張，像是本章開頭那段衝突將起的場景，你的小動作就該愈少愈好。如果你連續描寫了兩個高度緊張的場景，下一幕你想讓讀者休息一下，那就來點輕聲細語的交談，夾雜一些停頓（用小動作來表現）。

下面的例子取自史蒂芬．金的小說《捕夢網》（Stephen King, *Dreamcatcher*），且看其中的小動作如何在對話中造成停頓感：

「好，」他說：「於是你走了進來……」他移動目光，彷彿在看她走進來。「你走到櫃台邊……」他的眼睛移到那邊。「你大概是問『阿斯匹靈放在哪一排？』之類的問題。」

「是啊，我——」

「不過你又拿了別的。」他可以看到在放糖果的那個架子上，有明亮的黃色印記，像是手印。「點心棒？」

「芒滋糖果棒。」她的褐色眼睛睜得好大。「你怎麼知道？」

「你拿了糖果，然後往前走去找阿斯匹靈……」他的眼睛現在望向第二排走道。「拿了，你去付款，然後出去……。我們到外面去一下。待會兒見，凱西。」

凱西無言點頭，張大眼睛看著他。

這裡有好幾個小動作，可是並不給人打岔的感覺。這些小動作是因應對話而生，雖然多，卻有其道理。

當對話中的情緒有所改變的時候，你最好也加上一個小動作。比方說你的一個人物撕下了虛假的面具，或是話說到一半忽然瞭解了什麼事情。例如：

「我早該料到，像你這種無知傻蛋就是會做這種蠢事。啊呀老天，對不起，我真不該這麼說的。」

改成如下比較清楚：

「我早該料到，像你這種無知傻蛋就是會做這種蠢事。」她用雙手飛快摀住嘴：「啊呀老天，對不起，我真不該這麼說的。」

當然，大聲念出來可以幫助你調整對白的節奏。念的時候，聽聽其中的停頓處，如果在兩行之間發現自己停頓了一下，就可以考慮在那裡加上一個小動作。

光是知道要在哪裡插入一個小動作還不夠，更重要的是，得知道該放什麼小動作才好。小動作不僅能控制對白的節奏，還很能傳達人物的個性。好演員都知道，要詮釋一個角色，身體語言很重要。在小說裡也一樣。《紐約時報》曾刊登一篇書評，稱讚一本新出版的推理小說，說它的人物塑造很成功，並且引了一個小動作為例。小動作就只是一點點的動作，卻可以透露人物的個性，比冗長的描寫或敘述還要傳神，比方說：「他拿床單擤了擤鼻涕。」

你也可以參考以下例子，取自芭芭拉．金索華的作品《動物的夢》（Barbara Kingsolver, *Animal Dreams*）。只有一個小動作，但是寫得很好：

> 「你不用講這些。」我說。
>
> 「我從來不談他。有時候我甚至連續一兩天沒想起他，之後我就慌起來，怕我會忘記他的一切了。」
>
> 我伸出手放在他負責換檔的手臂上。「要不要我來開車？」

這麼一個小動作插進對話中，位置恰恰好，讓開車這人哀悼他已故兄弟的悲傷顯得更真實，同時也顯露了敘述者的同情之心。

小動作寫得不好，就會不知所云，分散注意力，讓人覺得陳腔濫調或重複再三。你一定讀過一些場景，裡面的人物老是深深凝視對方的眼睛、垂眼看自己的雙手，或是轉頭看著窗外吧？寫小動作要像寫人物一樣，新穎獨特。就說從房間那頭走到這頭吧，沒有兩個人的走法會完全一樣。如果你要寫某個人侷促不安，那也有很多不同的寫法；讓人侷促不安的原因不同，寫法自然就不一樣。

那，要到哪裡去找好的小動作呢？借用尤奇．貝拉（Yogi Berra）的話：「你只要注意觀察，就會看到一籮筐。」觀察你的朋友，看他們無聊時兩手都在幹嘛，心情鬆散時雙腳怎麼擺，神經緊繃時眼神怎麼變化。看看老電影，尤其是亨弗瑞鮑嘉主演的，他非常擅長運用舞台動作。還可以觀察你自己，注意看有哪些小動作會顯露你的個性，哪些手勢姿態會透露你是怎樣的人、你的當下感覺。這類小動作收集得夠多，你寫人物時，他們再也不需要老是看著自己的手了。

閱讀也能讓你看到一籮筐的小動作。只要留神找小動作，你就會看到你希望自己能拿來用的，也會看到很干擾、很討厭的。然後你就會注意到，好的小動作一點也不突兀，就像下面這個例子，取自尤朵拉．魏爾媞的小說《「寬網」》

（Eudora Welty, *"The Wide Net"*）：

「我找不到小棒，她不見了，一定是跳河自殺了。」

「小棒不是這樣的人。」偉吉說。

威廉．華里斯伸手搖晃他。「不騙你。我們得打撈河床，知道吧？」

「現在就打撈？」

「反正春天以前你也沒啥事做。」

「先讓我進屋去跟我媽談談，給她講個故事，就回來。」

「要用寬網才行。」威廉．華里斯說。

他皺起雙眉，在跟自己說話。

下面這段則取自布奇納的小說《尋寶》（Frederick Buechner, *Treasure Hunt*），其中的小動作，作用一點都不小，不但提供了所有的重要資訊，也說明了敘述者對這段對話的反應：

「當然〔畢先生〕把我從死裡救了回來，親愛的，在田納西州的諾克斯鎮。很多年以前囉，而且你曉得這事兒的。他總是跟我說，早知道他才不惹這個麻煩。他說我拜他之賜重獲新生，卻根本不認真過活，就只是混日子、閒扯淡。他說了很多傷人的話，但都是為我好。他是我的支柱，他一走，我覺得我的信心都跟著他去了。」

我感覺像是開車經過事故現場。布朗尼說話的時候我盡量不去看他，可是在大部分的時間裡，我還是忍不住看著他。

有時候，在一個節骨眼上安排一個比較長的小動作，雖然會拖慢節奏，卻能讓緊張感升高，像下面這段，取自勒卡雷所著《莫斯科情人》（*The Russia House*，曾改拍成電影）：

「沒有叫K的，沒有叫卡蒂雅的，也沒有叫葉卡特琳娜的。」巴利說：「我沒跟叫這些名字的上過床，沒跟任何一個調過情，沒跟哪一個求過婚，甚至也沒跟哪個結過婚。據我記憶所及，從來沒有認識過一個。啊，有一個。」

他們等他往下說，我也等著。我們應該可以撐一整個晚上，不會有人挪動椅子，不會有人清喉嚨，等著巴利搜索他記憶裡叫做卡蒂雅的女人。

「歐羅拉的一個老婆娘，」巴利重開金口：「想要盜賣幾張俄羅斯畫家的複製品給我。我沒上她的當，老阿姨氣瘋了。」

「歐羅拉？」克里夫問。**不確定這是一個城市還是一個國家機構的名字。**

「出版社。」

「你記得她的全名嗎？」

巴利搖搖頭，他的臉還是看不見。

「鬍子，」他說：「鬍子卡蒂雅。別號九十度陰影。」

在情緒緊繃的場景裡，小動作還可以提供喘息的空間，像下面這個例子，取自愛倫·吉兒克萊斯的小說《天使報喜》。故事中，做父親的告訴孩子的媽，他見到了當年他倆送給別人收養的女兒：

「你去看她了，是吧？」阿曼達說。「跟我直說吧，蓋依。我知道你去了。我他媽的很清楚你就是為這件事去的。」

「我們到你屋裡去說，」他說：「我不想在車子裡談這個。」

「那就停下車。」阿曼達說。

他靠邊停車，轉過身握起她的雙手。「她長得很像你。她過得很好，結婚了。」

「還有呢？」阿曼達說：「告訴我，仔細跟我說。她的眼睛是瞎的，是吧？我記得她出生時兩眼都黏住睜不開。我記得那雙黏住的眼睛。」

「她的視力跟你我一樣好，她能做任何事。她打網球，都打贏。我去了紐奧良草地網球俱樂部看她打球。」

「那，有什麼問題？」阿曼達說：「告訴我，你隱瞞了什麼？你為什麼用這種口氣說話？」

蓋依別開眼睛，放開了握住她手臂的雙手。「她很漂亮，很有淑女風範，嫁給了一個年輕律師。有一件事你說得對，如果一直住在那兒，遲早你會遇見她。你說不定會跟她擦肩而過幾千次。」

「她長得像我？」

「像，不過頭髮是黑色。她不大講話，不過我不確定，我沒能跟她說上話。我只是看著她打網球。我一直想著她長得像奶奶年輕的時候。」

「她都打贏？」

「當然，」他說：「她當然贏。」

在安．泰勒的《鄉愁小館的晚餐》（Anne Tyler, *Dinner at the Homesick Restaurant*）中，有強烈而悲痛的一幕，其中的小動作就同時達成雙重效果，既增強了緊張感，又提供了喘息空間：

「看看我在你年紀的時候是什麼樣子？」她交給他那張戴著八角無邊帽的照片。

他看了一眼，皺起眉頭，說：「你說這是誰？」

「我。」

「不會吧。」

「是我沒錯。那時我十三歲，母親在照片後面寫了日期的。」

「不是！」他說。**他的聲音異常高亢，聽起來像是小孩子。**「不可能！看看，哎，這像是……關在集中營裡的人，難民，像安．法蘭克。真可怕！真慘！」

她很驚訝，把照片轉過來再看一遍。

「那又怎樣？」她問，**再次把照片拿給他。他猛地往後縮。**

「是別人。」他說：「你總是笑得很開心，這不是你。」

「噢，那好吧，就當不是我。」她說了，**拿起別的照片來看。**

為了作個對照，我們來看看拿掉這些小動作之後，這場景是怎樣：

「看看我在你年紀的時候是什麼樣子？」。

他說：「你說這是誰？」

「我。」

「不會吧。」

「是我沒錯。那時我十三歲，母親在照片後面寫了日期的。」

「不是！不可能！看看，哎，這像是……關在集中營裡的人，難民，像安．法蘭克。真可怕！真慘！」

「那又怎樣？」

「是別人。」他說：「你總是笑得很開心，這不是你。」

「噢，那好吧，就當不是我。」她說。

場景仍然動人，對白精確傳達了情境，看得出是很重要的一幕，誰在講話也很清楚。只是缺少了一種共鳴，情緒的內涵沒能深入。而你需要用小動作來做到這些。

自我檢查

- 你用了幾個小動作？（又該拿出螢光筆來作記號了。）你打斷了對話多少次？

• 你的小動作都在描寫些什麼？是常見的日常動作嗎，例如打電話或買食物？

• 你常常重複同一種小動作嗎？你的人物老是看窗外或點菸嗎？

• 你的小動作能讓讀者更認識你的人物嗎？是這個人獨有的動作，還是每個人都經常會做的動作呢？

• 你的小動作符合對白的節奏嗎？大聲念出來才知道。

練習

A 首先，修改不合用的小動作：

「你確定它能跑？」戴先生說。

我倚著擋泥板。「上次我試開，能跑。」

「這樣啊，那是什麼時候的事？」他從後車窗往裡窺視。

我一邊摳著指甲裡的汙泥，一邊說：「就上週，你聽聽看。」我掏出車鑰匙，鑽進前座，插入鑰匙，轉開電門，打空檔，然後發動引擎。引擎轟隆了幾聲，點著了，之後又噗哧一下，熄火了。我踩了一兩下油門，重新發動，這次它發動了，咕嚕咕嚕哼著。

「嗯，我想想。聽起來是好的，可是車身不好看。」他踢踢輪胎。

「嗳，三百塊錢，你還想買到什麼？」我拉了一下引擎蓋扳扣，走到車前，掀開引擎蓋。「你聽聽，引擎的聲音就像是新的一樣。你再開兩萬公里都沒問題，至少兩萬。」

他盯著一個車輪罩的內部。「只要輪胎別掉下來就行。」

我碰地把引擎蓋關上。「行李箱裡有一個備胎。好了，你考慮得怎樣？」

B

請在以下對話中加入小動作：

「你真的認為這樣做好嗎？」她說：「我是說，你在加州一個熟人也沒有。」

「我真的這麼認為。」他說：「反正我也沒別的辦法。哪兒有工作，就得去哪兒。」

「孩子們怎麼辦？」

「甜心，我又不是一去不回了。我一穩定下來，就接你們過去。」

「好啊，但那要等多久？你去了要住哪，要找什麼工作，要怎麼在那兒生活？」

「我帶了帳篷去，不然我也可以睡在車上。而且，我會在一週內找到工作的，我跟你保證。」

「我……我就是害怕。」

「我知道，我也一樣。」

9・分段，調整節奏

請看以下這段脫口秀主持人與來賓之間的唇槍舌劍：

節目進行到最後幾分鐘，柯亭打出大概是他自以為的王牌，把越南人生活中的各種問題都歸咎於戰爭。（伯尼指出，他講的是早已過去的越戰，而不是隨後延續了十年的柬越戰爭，當然更不是目前占越南政府預算超高比例的軍事費用。「百分之四十到五十，是吧？」伯尼笑嘻嘻地問。柯亭眨了一下眼。）伯尼接著問：「美國人是不是應該為河內政府所有的暴行、所有的嚴酷、所有的管理不當感到歉疚，所以在外交承認之後，還應該趕緊提供賠償、外援，以及貿易投資，還有呢？免費的專家顧問團？一飛機一飛機嬌生慣養的大學生，很樂意過去玩玩票，反正隨時可以拍拍屁股走人？」柯亭的嘴閉得緊緊的，而伯尼這位辯論老手，則嗅到了困獸的恐慌氣息。該下殺手了。

再看看修改過的版本：

「最後一點，」柯亭說：「我們必須瞭解，今天絕大多數的問題都可以追溯到那場戰爭。」

「你是說，越戰？」伯尼說。

「當然。」

「不是延續十年的柬越戰爭？」

「噯，那——」

「當然也不是占越南政府預算超高比例的軍事費用，大約是百分之四十到五十，是吧？」

「他們得要花錢——」

「是不是，」伯尼說：「美國應該為河內政府所有的暴行、所有的嚴酷、所有的管理不當感到歉疚，所以我們在外交承認之後，還應該趕緊提供賠償、外援，以及貿易投資，還有呢？免費的專家顧問團？一飛機一飛機嬌生慣養的大學生，很樂意過去玩玩票，反正隨時可以拍拍屁股走人？」

柯亭的嘴閉得緊緊的，而伯尼這位辯論老手，則嗅到了困獸的恐慌氣息。

該下殺手了。

你大概已經注意到，在第一個版本裡，有些地方應該用「演」的比較清楚，作者卻用「說」的。也就是，應該出現在對話裡的，作者卻拿來敘述。但是，兩個版本之間更大的差別在於：第一個版本是落落長的一大段，第二個版本則把它分解成比較易讀的小段落，版面比較鬆。

在《愛麗絲夢遊仙境》一開頭，愛麗絲瞥了一眼她姊姊正在讀的書，注意到書裡沒有插畫也沒有對白，於是想：「沒有圖片也沒有對話的書能做什麼？」如果你在書店裡翻書，看到頁復一頁都是長篇大論密密麻麻，你大概就能瞭解愛麗絲的感受。一個字都還沒開始讀，你就已經倒胃口了。

所以你要注意，看看有沒有哪個段落太長的，比方說，超過了半頁的。段落太長，讀者可能會覺得像是在聽你說教，或是覺得版面太擠了。有時候書頁多些留白才讓人比較想看。總之，太長不分段的文字就是讓人失去興趣。分段是很簡單的動作，卻往往能讓人比較願意讀你寫的東西。

分段也能為場景增添緊張氣氛。在前面的例子裡，儘管對話大致都包含在一整段裡了，卻無法傳達出兩個人之間的緊張；要等到把整段分解成連珠炮似的問話，中間夾雜著三兩個字的回答，氣氛才得以顯現出來。也許是因為人心思被打亂的時候，說出來的話會愈來愈短，或只因為讀者的眼睛往下讀的速度變快了。反正多分段讓對話簡潔有力。

許多寫驚悚小說的作家好像天生就會用這種技巧。請看下面的例子，取自雷納德所著《拉布拉瓦》（Elmore Leonard, *La Brava*）：

拉布拉瓦說：「你認識那個金頭髮大個子。」

「銀小子，」巴扣說：「當然認識。」

「我要找人送張紙條到他住的旅館。」

「好啊。」

「還要找人幫我寫幾個字。」

「寫什麼？」

「要他今晚一點鐘到公園來，玩家酒吧對面那個公園。」

「署你的名？」

「不，署名C. R.。」

「C. R.是啥？」

「就是那個古巴幫的頭頭，戴耳環的那個。」

「噢。」巴扣說：「對，我記得。」

「可是我得確定金頭髮大個子收到了紙條不會去報警。」

巴扣說：「天啊，你在搞什麼花樣。」

「可以的話，我想弄根球棒在手上。」拉布拉瓦說：「可是我想店都關了。」

「你要跟這傢伙打棒球？天這麼黑？好，算了，不用告訴我。」巴扣說：「我有一根壘球棒，你可以拿去用。」

「我會把棒子顧好的。」

並不是說你每一頁都要用這種步調來寫。一本小說如果從頭到尾都是這種節奏，讓人很快就翻完，讀者很可能會厭煩，覺得太造作。當你想營造出比較舒緩的情調，或是給讀者一點喘息（或思考）的空間時，你就要減少分段。又或者，你要引誘讀者放鬆警戒，好等著接下來給他們來個出其不意，你也可以試著減少分段。勒卡雷在《祕密的朝聖者》中把這個技巧運用得爐火純青：

快要熄滅的火爐前，擺著兩張扶手椅。其中一張空著，我猜想是教授的。另一張，從我這角度看不清楚，坐著一個軟綿綿、圓胖胖的四十多歲男人，有一頭柔軟的黑髮，閃閃發光的眼睛好像在說我們都是朋友，不是嗎？他坐的是高背椅，他的姿勢好像飛機乘客準備降落的樣子。那雙接近圓形的鞋子沒有著地，還差著一點，我忽然想到這是東歐式樣的鞋子：大理石花紋，皮質不詳，鞋底是機器鑄造，很結實耐磨。他的褐色西裝起了毛球，像是軍服改成的。他面前擺了張茶几，几上有一盆淡紫色的風信子，旁邊還攤著一堆東西，看得出來都是殺人無聲的工具：木製的鎖喉刑具和一段一段的鋼琴弦、銳利如短劍的螺絲起子、一把五連發的點三八滅音手槍，另外還有兩種子彈，六顆是軟頭的，六顆是步槍用的，凝固的粉末塞在凹槽裡。

「氰化物。」教授解釋，回答了我無聲的疑惑。

閒閒道來、不稜不角的語調，引誘讀者放鬆下來——這是作者故意的、替讀者設計的一個圈套。作者用了落落長的一段來達到這個目的，把我們穩穩安置在那張椅子上，直到他準備好氰化物向我們撒來。

如果你寫到某個重要的進展，希望讀者特別注意，你可以讓它短短單獨成段。下面這段取自葛洛瑞亞・莫菲所著《會下去的，寶貝》（Gloria Murphy, *Down Will Come, Baby*），是某一章的結尾。阿美十三歲，喝醉了酒，快淹死了。蘿冰游出去救她。

「不要亂抓！」蘿冰尖叫，但阿美嚇壞了，根本聽不到。她猛撲到蘿冰背上，兩臂緊緊掐住蘿冰的脖子，把她往下拉。羅冰拚了命要鬆開，卻像被八爪魚纏住，愈沉愈深。

在喝了第二口水之後，蘿冰不再掙扎。然後慢慢地、慢慢地，她們像睡著了的連體嬰般糾纏在一起，開始往上浮。直到終於破水而出，蘿冰猛吸一口氣，轉過身來，伸出一隻手臂，摑了阿美一記耳光。阿美鬆開了。

嗆著水、說不出話來的蘿冰，幾乎無法踢水，眼看著阿美最後一次沉下去，眼神裡乞求著羅冰讓她死。

現在再看看這個版本：

「不要亂抓！」蘿冰尖叫，但是阿美嚇壞了，根本聽不到。她猛撲到蘿冰背上，兩臂緊緊掐住蘿冰的脖子，把她往下拉。蘿冰拚了命要鬆開，卻像被八爪魚纏住，愈沉愈深。

喝了第二口水之後，蘿冰不再掙扎。然後慢慢地、慢慢地，她們像睡著了的連體嬰般糾纏在一起，開始往上浮。等到終於破水而出，蘿冰猛吸一口氣，轉過身來，伸出一隻手臂，搧了阿美一耳光。

阿美鬆開了。

第一個版本寫得很好，緊張刺激。但是第二個版本，由於把阿美之死的恐怖感整個壓縮在一段僅僅五個字的段落，讓本章結尾成為一記重拳，這效果是第一個版本所沒有的。兩個版本之間的差別只在這多出來的一小段，以及後面刪掉的段落。

對話也能讓版面更鬆，或至少應該要做到留白的效果。所以你要重讀自己寫的場景或章節，注意看你的人物是否在對話裡長篇大論。寫得太拘謹的對白，人物常會接連講四五個完整句子，文法用字都精確。可是在現實生活裡，很少人能講那麼久不被打岔。你應該打斷這類對話，讓人物彼此來往一下，讓他們互相打岔，或是自己話說一半就打住。讓他們多些互動。

當然，有些時候你就是需要某個人物來發表演說，在這種時刻，一個長段落可能會比較適當。上一章我們引述了布奇納的小說《尋寶》中的某個場景，其中，布朗尼告訴敘述者，畢先生拯救了他，他卻沒有好好活出生命，現在他失去信心了。接著他發表了一小篇演講，作者很聰明地讓它完整呈現，講完之後再恢復兩人間的你來我往，效果非常好：

他說：「還有一件事。我跟所有人一樣，有色慾，哎。也許你看我這樣很難相信，但其實我在這教會裡多的是機會往那方面墮落。這些印地安人，他們沒有惡意，但是他們往往並不在意做什麼或跟誰做，只要有機會他們就做。在他們看來，這就像年輕健康的人胃口好，有什麼就吃什麼。出於宗教信仰，我一向拒絕這類誘惑。我放棄了很多……樂子……」他取下眼鏡，用拇指和食指揉眼睛，然後又說：「現在我問自己。為了耶穌，我放棄了這麼多珍貴的東西，可是這有什麼好處呢？」

我說：「布朗尼，你解說聖經，給了很多人安慰和希望。」

他說：「經文說：『把你的麵包丟在水上，多日後你還能再找回來。』但我把我整個人生都丟在水上了，它卻像石頭，沉沒不見。」

「沒人知道你失去了信心，布朗尼。你還是可以繼續幫助別人，說不定有一天你會找回信心。」

他說：「講你自己不再相信的話，你無法理解那種感覺。就像一個女人肚子裡懷了個死胎。」

在《我從沒答應給你一座玫瑰園》（Hannah Green, *I Never Promised You a Rose Garden*）中，作者漢娜．葛林藉著一位精神科醫生之口說出了小說的主題。背景是她的病人忽然意識到，在精神病院這個「安全」的世界裡存在著不公不義。面對病人的質疑，作者用一整段來讓醫生把話說完：

「海琳遵守了關於伊莉絲的約定，我也遵守了。」黛博拉說：「可是你實踐諾言了嗎？」

「聽我說。」傅麗說：「我從沒答應要給你一座玫瑰園，我從沒答應要給你絕對的正義……或和平、或幸福。我給你的幫助是讓你可以放手自己去爭取所有這些東西。我唯一提出來的諾言是挑戰，你必須康復，才能放手迎接挑戰，或接受你能接受的挑戰。我從沒給你畫大餅，而像玫瑰園那樣的完美世界就是空幻的大餅……，而且是很乏味的世界！」

「你會在開會時提出這件事嗎——關於海琳的事？」

「我說了我會，我就會，但是我不能承諾任何結果。」

以下例子取自《鄉愁小館的晚餐》，作者安・泰勒為了製造效果，在同一場景中長短段落都用。父子兩人已二十五年沒見面，在這裡分別吐露大段心聲，作者以一連串單行段落包裹這兩長段：

「你離開了我們，讓我們落在她手中。」寇迪說。

貝克抬起頭來說：「啊？」

「你怎麼能這樣？」寇迪問：「你怎麼能就丟下我們，任憑媽媽處置？」他俯身靠近，近到能聞到貝克西裝上的樟腦味兒：「我們還小，沒法保護自己。我們仰賴你的照顧，我們盼望聽到你的腳步聲走近門口，好讓我們感到安全。可是你轉身走了，一根手指頭都不肯伸出來保護我們。」

貝克的眼光越過寇迪，望著來往車輛。

「她把我煩死了。」他終於告訴寇迪。

「把你煩死了？」

「耗盡了我的耐性，我所有的耐性。」

寇迪坐直了。

「噢，一開始，」貝克說：「她覺得我很棒。我走進房間的時候，你該看看她的臉。我當年認識她時，她已經是位老小姐了，已經放棄希望。多少年都沒人追求過她，她的閨中密友都拜託她幫忙帶小孩了，她們的小孩都喊她珍珠阿姨。這時候我出現了。我令她開心極了！這就是我的陷阱，兒子。

我沒法抗拒因我而開心的人。我想如果你媽答應跟我離婚，我大概又已經結了六次婚，每次遇到見我就開心的女人，我就心動，等到她跟我好起來，不那麼開心了，我就又換個目標。唉，靠得太近就完蛋了。絕對不要跟人太靠近，兒子——你小時候我跟你說過嗎？你媽跟我剛結婚時，一切都好得很，好像我怎麼做都對。然後，我猜她一點一滴看出我的缺點。我從沒隱瞞缺點，只是現在缺點讓她不樂了。她看出我老是不在家，工作沒進展，體重增加，話說得不好，衣服穿得不稱頭，開的車也不體面。假如我帶回家一個小玩具，結果就會變成一場大吵——你媽會說太貴了，或太危險了，你們三個小毛頭則吵著誰先玩誰後玩……」

到目前為止，我們都在討論段落該怎麼分，但同樣的原則也適用於更大規模的「分段」——該如何決定場景或章節的長度，來把整個故事講得更好？短場景或短章節較有張力，長的讀起來則比較舒緩。場景和章節也有它們的節奏韻律。但這節奏不該一成不變。有些作家寫起來很機械化，像是我們在第一章提到的例子，每個場景大約都是五分鐘。有時候，讓場景或章節的長度類似，可以使節奏穩定，加強故事持續向前推進的動力，但如果故事的緊張程度時時在變，而你的每個場景或章節，仍然維持固定的長度，你就無法畫龍點睛，凸顯張力了。你就沒能好好運用最簡單的講故事工具。

自我檢查

- 翻閱你的手稿，不要去讀，而是去看它有多少空白。有多少？有大約一頁那麼長的段落嗎？有很多超過半頁的段落嗎？
- 如果有場景感覺拖拖拉拉，多分幾段試試看。
- 是否有些場景完全沒有比較長的段落？記住，段落要有長有短，恰到好處。
- 你的人物有沒有在對話裡長篇大論？
- 如果你寫的是長篇小說，是否所有的場景或章節都差不多一樣長？

練習

A 再來跟真正的作家玩玩遊戲。下面這例子取自葛瑞森·凱勒的《離家》（Garrison Keillor, *Leaving Home*），請調整段落長度，讓它更有力：

沃必剛湖本週平靜無事。星期天早晨，本生踏進淋浴間，轉開水龍頭，水是冷的。但他是挪威人，知道得將就些，於是站在那裡等水變熱。當他伸手拿肥皂時，他確定他是心肌梗塞了。他在《讀者文摘》上看過一篇文章，講一個男人心臟病發的故事（〈我最難忘的經歷〉），現在他覺得就像故事裡所說的一樣——胸口痛得像是被鐵條勒緊了。本生抓住蓮蓬頭，故事後面的部分像是在他眼前閃過：救護車來了，衝去急診室，心臟科團隊在他身上做手術而他毫無知覺，然後是漫長緩慢的復健過程，對人生有了全新的看法。可是正當他想像著這些即將發生的事，心臟麻痺的感覺卻減輕了。文章裡說徵狀會像是被大象踩踏，而這個呢，比較像是一條大狗，然後像是有人吹了聲口哨，狗就跑了。所以他不是心臟病發，也就沒有了後面的故事。本生覺得好多了。

B

閱讀下面這段文字，看看你會怎樣以不同的方式分段。請留意，要讓文章讀來感受不同，有些改變是很細微的。

吉娜瞪著廚房水槽上面掛著的蜘蛛蘭看。大部分的葉子都枯黃了，有的邊緣已經成了褐色。「我真不敢相信。」她說。

「什麼？」艾德說。

「一個月前我才給了你這盆栽，看看它現在成了什麼樣子。」她伸手輕碰一片葉子，葉子就掉在她手上。「我說，這是一盆蜘蛛蘭，死不了的，沒人管照樣能活。你怎能這麼快就把它折騰成這樣？」她把一根手指插入盆土中。

「我不知道。我照你說的，每週澆一次水。我還給它施肥，有一次我在五金店買的，就是那種藍色粉末，溶在水中，一湯匙的粉末兌一公升的水。」

「艾德，把那肥料拿給我看看。」他打開水槽下的櫥櫃門，摸索了一陣，拿出一個貼了圖片的盒子。她接過來，瞄了一下說明。「照這上面說的，你應該要用一茶匙的這個兌一公升的水。」

「噢，這樣，那真相大白了。」

10・講一次，通常就夠了

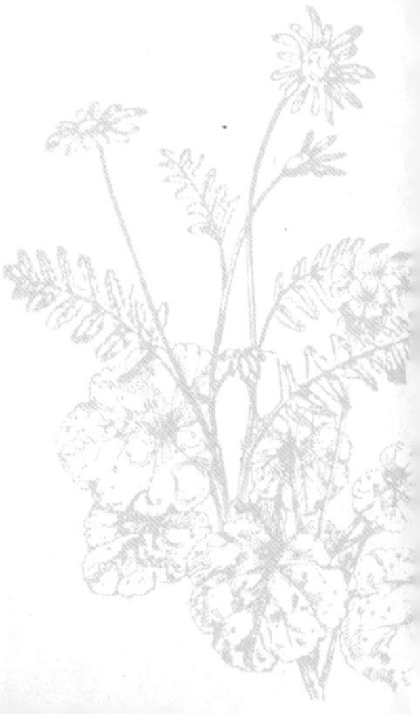

雖然敘述充滿活力，創意也別出心裁，但這本書實在膨脹過度，以致於它的主要問題是重複。同樣的故事說了好幾遍，一次比一次講得更仔細。還有，幾個主要人物老喜歡反芻他們已經知道的事，即便他們當初得知這些事的時候，讀者就已經看到了。

——派崔克·馬格拉斯，評論安·萊斯的小說《巫術時間》（Anne Rice, *The Witching Hour*），發表於《紐約時報》

以上的書評摘要，提到了一個新手和專家都常犯的毛病：不自覺地重複。大部分作者都知道要刪去重複的字詞，卻不懂得修掉造成重複效果的段落。比方說，兩個句子傳達了同樣的資訊，兩段敘述刻畫了同樣的人物個性，或是兩個人物在劇情中扮演了同樣的角色。當你一重複，文字的力量就削弱了。

經驗豐富的作家有時也會犯重複的毛病，原因往往是他們太貼近自己的創作了，看不出有些地方寫了兩遍。（再提醒一下，把你的作品在抽屜裡擺個一兩週再拿出來看，比較看得出缺失。）不過新手作家更容易犯效果重複的毛病，原因無他，欠缺自信而已。畢竟，你需要豐富的經驗和敏銳的洞察力，才能評估自己寫出來的東西在讀者的眼中效果如何。所以每當你覺得某個人物的某種特性很關鍵，某個情節發展對整個故事來說很重要，你就想多強調一次，確定讀者都看到、看懂了。

但是當你自覺認真敬業的時候，你其實已經低估了讀者的智商，或許也低估了自己的能力，更慘的是，你可能兩者都低估了。結果就是你把讀者已經知道的事又說了一遍，成功讓讀者知道你看不起他們（當然他們會不爽）。下面這例子取自寫作班作業：

> 至此，傑利真希望他開了他的野馬牌汽車來，放在他爹的修車廠裡。他很想念他爹那間在特拉利附近的修車廠，在大馬路邊的巷子裡，是個小小的、擺滿亂七八糟東西的車間。有時候他真想待在那兒。還記得以前他放學後一丟下書包，就跑到車間後面去，幫老爹做點小活兒。拆解零件，幫老爹遞個扳手，聽老爹用愛爾蘭話稱呼汽車零件：方向盤叫 roth，剎車叫

coisceain，引擎叫 inneal。他尤其記得老爹稱呼化油器為 croi an innill，也就是引擎的心、車子的心。他想念這一切，想不通自己為何離開。

作者想讓我們清楚明白傑利如何想念他爹的修車廠，但顯然用力過頭，我們至少聽他說了三遍。但其實他一遍也不需要說，光看描述就知道傑利是何等想念這地方，請看以下修改過的版本：

> 至此，傑利真希望他開了他的野馬牌汽車來，放在他爹的修車廠裡。那間在特拉利附近的車廠在大馬路邊的巷子裡，小小的、擺滿亂七八糟的東西。以前他放學後一丟下書包，就跑到車間後面去，幫老爹做點小活兒。拆解零件，幫老爹遞個扳手，聽老爹用愛爾蘭話稱呼汽車零件：方向盤叫 roth，剎車叫 coisceain，引擎叫 inneal。他尤其記得老爹稱化油器為 croi an innill，引擎的心、車子的心。

重複同一種效果，除了有把讀者看扁的味道，更糟的是，這樣寫根本不管用。重複很可能只會削弱效果，而不是增強效果。請看下面這段，是本書作者之一所寫的一個晚餐場景：

「光是能在這裡跟你在一起，就夠了。」她把他的雙手握在自己的手中，一邊說話一邊把玩他的手：「我們等會兒可以再放開些，我們可以做愛、睡覺，再做愛——等會兒。現在我只能承受這麼多。」

他也覺得這樣就夠了，看著她大口吃肉，大口喝酒。

等第二道菜上桌時，她開口說話總是非常非常仔細地吐出每一個字。而在她離席去洗手間的路上，老是忽左忽右撞到兩邊的桌子。

請注意，作者告訴我們女主角大口喝酒，然後用兩種方式說明她已經醉了——吐字小心翼翼和走路不穩。形容喝醉酒走路不穩是很老套的寫法，吐字小心翼翼才是比較鮮活的描寫，但「走路不穩」很可能會轉移讀者對「吐字小心翼翼」的注意力。這就是重複的大問題，你為了達到某個效果而作出雙重努力，結果是比較弱的寫法會破壞比較強的那個！

我們有位客戶是非常有才華的小說家，也很擅長指導其他人修稿或寫作，我們受他啟發，每當發現這種因為重複而削弱力道的情況，就會用紅筆在客戶的手稿上寫下一條「非數學公式」：1+1=1/2。

再舉一個例子，取自某篇我們最欣賞的五頁長度作業。故事裡的麗塔是敘述者的老朋友，她是個鬼。

> 有時候，我挺高興除了我之外沒人看得見麗塔，像是我們上酒吧的時候。麗塔不管自己的體型多麼碩大，總以為自己還是個性感姑娘。她長長的金耳環晃呀晃的，上面的水鑽太亮了，不可能是真的。她的胸部也太過暴露。在我看來，體重將近兩百磅的女人，胸部只要露出一點就已經太多，可是麗塔不這麼認為。或許她認為這很配她的虎紋連身裙和紅色頭髮。我知道你在想什麼：一個鬼為什麼還要染髮？可是我又憑什麼不許麗塔在頭髮上展示她的黑色根源？

作者三度表明了麗塔衣著的華麗風，雖然每次讀來都很有趣，加起來的效果卻把整體感給削弱了。比較一下修改過後的版本：

> 有時候，我挺高興除了我之外沒人看得見麗塔，像是我們上酒吧的時候。麗塔不管自己的體型多麼碩大，總以為自己還是個性感姑娘。她長長的金耳環晃呀晃的，胸部也太過暴露。在我看來，體重將近兩百磅的女人，胸部只要露出一點就已經太多，可是麗塔不這麼認為。或許她認為這很配她的虎紋連身裙和染過的頭髮。
>
> 我不想費力去猜一個鬼為什麼還要染髮——我憑什麼不讓麗塔展示她的根源？

近年來比較常見的另一種重複，是用品牌來凸顯人物個性。當然，標明男主角喝哪個牌子的威士忌，女主角開哪種型號的車，是可能會讓讀者更容易瞭解他們的個性。可是如果你的人物全都不時看看勞力士錶，然後鑽進瑪莎拉蒂汽車，開到他們在漢普敦的房子，在豪宅裡脫下亞曼尼西裝，給自己倒一杯格蘭利威酒——那就太離譜了。讀者會以為你拿了一本時尚精品型錄當字典，每寫一段就參考一頁。

我們曾為一位客戶修改手稿，其中的男主角開了一輛保時捷Targa。很顯然這是作者夢寐以求的車型，因為他一有機會就要提一次。看了四、五十頁「他鑽進Targa」，「開著Targa」，以及「Targa飛馳而去」之後，我們不得不在手稿邊緣寫下：「叫它車子就好！」

內心獨白也很容易犯重複的毛病，也許因為我們心情不好的時候，思緒總是在打轉。沒錯，有時候你描寫人物翻來覆去想同樣的事，恰可反映此人的心情。但通常內心獨白的重複，只是漫無目的地重複；寫實，但讓人厭倦。請看以下這個例子，取自一本未出版的小說，其中女主角的愛人和（她的）孩子們離開了露營地，拋下了她：

> 她到底是怎麼回事？是什麼阻止了她去阻止他們？她只要說聲對不起——為某件事，或為任何事都好——就沒事了，就可以讓他回來摟著她，把他們抱在懷裡。**我對不起……什麼？**她看著放在地上的奶粉袋子，想不出她到底對不起什麼。她攪拌著那該死的火雞肉泥，不管她加了多少大蒜，這

肉注定沒滋沒味了，而且沒人要吃，可是她再怎麼痛恨這肉泥也不願丟掉它。她從不讓自己浪費任何東西。她是個節省的人、是個會保存東西的人。前些年她一個人，把自己和孩子們都保存得很好。

再來看看把重複的地方刪掉之後的版本，你會看到這段內心獨白變得比較有力量了。尤其是最後一行，在修改前的版本裡完全被前面的句子掩蓋了。

> 是什麼阻止了她去阻止他們？她只要說聲對不起就沒事了，就可以讓他回來摟著她，把他們都抱在懷裡。**我對不起……什麼？**
>
> 她看著腳邊破了的奶粉袋，想不出她到底對不起什麼。她攪拌著那該死的火雞肉泥，不管她加了多少大蒜，這肉注定沒滋沒味了，可是她再怎麼痛恨這肉泥也不願丟掉它。她是個節省的人、是個會保存東西的人。前些年她一個人，把自己和孩子們都保存得很好。

在修改過的版本裡，「阻止」和「對不起」仍然重複使用，但效果很好，這是故意留下來的。當你刪掉了不必要的重複之後，這種故意的重複效果才能發揮出來。

為什麼會需要重複一種效果？如果某個情節點或人物特徵很微妙或很強大，就可能值得從兩個不同的方向去表達。也許你用不同的方式來傳達同一個意思，好讓讀者看出不同的層次，就像文學裡的「羅生門」技巧。除去了沒有用的重複，你為要達到某種效果而製造的重複效果，就會強大很多。下面這個例子取自勞瑞·柯爾文的小說《永遠快樂》（Laurie Colwin, *Happy All the Time*），作者藉著重複效果，堆積成某個人物的圖像：

> 她從來不笑，這一點文生看得出來。更精確地說，她似乎一輩子都在淚水中度過。早晨，她衝進辦公室，把身上穿的綠色軟皮大衣丟到椅子上。工作的時候，她喃喃自語，折斷鉛筆，丟到地板上。她常常惡毒詛咒。所以當她紆尊降貴跟文生道早安時，聽來像是帶著敵意的耳語。

注意尋找重複之處還有一個附帶優點。你會看到整篇故事的每個元素——每個句子、每個段落——到底達到了怎樣的效果，然後可以學著讓它們達到不只一種效果。你當然也可以讓句子、段落或場景每次只達到一種效果，這沒什麼問題，例如用一個動作來捕捉人物的心情、用一段對白來讓某個人物的某種個性更明顯，或是用一個場景來鋪陳劇情變化。但是，真實人生從來不會如此單純。如果你能加入一些相互呼應的元素，你的小說世界會更栩栩如生。

前文裡我們提過，你在描述故事背景的同時，也可以刻畫人物特質。同樣的，你寫一段對白，可以不僅僅推動劇情，還同時顯示出某個配角溫柔善良的一面。或者你用一個場景透露出關於凶手的重要線索，同時讓偵探深陷道義上的兩難。如果你故事中的每個元素都只達成一種效果，這故事會讓人微微地、幾乎是下意識地覺得有點假。要讓所有事情交織發生，感覺才像是真實人生。

以下書評是凱洛琳．施（Carolyn See）評論鮑爾森所著的《真實世界》（Tim Paulson, *The Real World*）。書評家用犀利諷刺的語氣，一針見血指出重複所帶來的問題：

> 我不得不讚嘆本書的沉悶和對細節的忽視……。第一一七頁，湯姆的妹

妹「打著」南方口音；第一一九頁，馬克史都華又「打著」南方口音，這是怎樣？第一三四頁，湯姆和茱莉搬去布魯克林之後，「他們的知己不怕麻煩，轉了三趟地鐵。」到了第三三五頁，湯姆又說：「當他們來看我們的時候，我們才發現誰是我們的知己。」這又是怎樣？天知道《真實世界》是否反映了真實世界！誰敢說真實世界不是真的如此沉悶、重複又無聊嗎？

本章到此為止，談的都還是小範圍裡的重複——在一個場景或章節之內，一而再、再而三地重複同一種效果。但是當你修稿時，還要注意有沒有大範圍的不必要重複。假如你寫了兩章或更多內容重複的東西，或創造了兩個以上在故事中扮演同樣角色的人物，你就浪費了筆墨。不論幅度大小，凡事一次，一次就做好，不要再來一次。

我們曾經幫一位客戶修改文稿，其中的男主角被不明人士跟蹤，原因同樣不明。在逐步發現是誰想殺他以及為什麼的過程中，男主角得到了一位越戰同袍的幫助，還有一位老同學和他的妻子（跟黑手黨有關），以及一個黑手黨大哥也都幫了忙。原本情節裡的角色已經夠多了，現在又再多了四個，而且發揮的作用其實都差不多。

我們建議合併這些角色，作者也很贊同。他改好之後，老同學和他的妻子被砍掉了，越戰同袍和黑手黨大哥接替了他們在劇情裡的作用，故事因此比較好懂，讀來也比較有趣。在初稿中，作者等於是用四個人做了兩個人的工。

在觀照全局時，你還要想到，有些效果在整部小說裡只能使用一次。比方說你安排男主角胃痛作嘔，以顯示他心情惡劣，這很好。但是《間諜》雜誌曾經列舉，在茱莉亞．菲力普斯的《你不會在本鎮午餐》中，每個人物都曾因為某種原因嘔吐。真有讀者把這些段落都看完的話（總共有大約二十段），他必然會慶幸自己從來沒在好萊塢吃過飯，而且，可能會下定決心不再讀《你不會在本鎮午餐》第二遍。

作者們有時候在角色創造上會做過頭。你想創造出獨特或古怪的人物，卻一不小心就變成了樣板人物。我們曾經協助一位客戶修改他的推理小說，故事講的是在美國中西部一座大學城裡的連續殺人犯。兇手和追捕他的警察局長都寫得很出色、很有深度，謀殺事件也真是恐怖。可是作者認為需要一些逗趣的角色讓讀者放鬆一下，所以他加了一個昧於世情的大學校長、一個自以為了不起的校董事、一個好勇鬥狠的學生，還有一個傻哩瓜嘰的校警。這些角色全都比較像卡通人物而非有血有肉，跟寫實的主要角色很不搭調。這四個角色在故事裡的作用很明顯，原本是很好的構想（這本小說的確需要一些卡通式的趣味），卻因為用力過度而失去了效果。

正如前面說過的，你為了強化某種效果而做過頭，就會收到反效果。塑造反派腳色尤其如此。小說裡的反派若是徹底邪惡、貪婪、殘酷、狂妄自大，往往反而不那麼可怕。最讓人害怕的反派，其實是讀者可以理解、在某種層面上可以認同的人。卡通式的人物，即使是邪惡人物，也遠不如真實的人可怕。

葛羅瑞亞．莫非就善於使用此一原則，在《夜影》（Gloria Murphy, *Nightshade*）裡製造出驚人的效果。故事中，壞人綁架了一個女人的兩個孩子作為人質，引她來到緬因州森林裡的小木屋。她到了那裡，發現壞人真正的目的是想要一個他從未有過的家庭。這人是個神經病，而他的病徵實在恐怖——多年前他殺了這女人的丈夫，並且強暴了她——但在某個層面上，我們能認同這個壞人，因為他想要的無非是有一個自己的家庭罷了。

⊘

最後，再來談談最大規模的重複，也就是一本書跟另一本書相似。

我們曾為一位客戶修改一本寫得極好、非常特別的小說，講的是舊金山上流階級的富紳，愛上了一貧如洗的可愛華裔女子。他倆的愛情毀了他的婚姻，也破壞了他的事業，後來這對戀人終究因為東西方對某些事情的看法迥異而分手。

隨著故事推展，主題和情節都非常引人入勝，後來這本書也成功出版了。可是這位客戶的第二本小說，是講一位富有的西方男子與一個迷人的日本女人之間的熱烈戀情，後來終因東西方觀念不同而分手。在他的第三本小說中，核心情節是一位富有的西方男子與一位韓國女人之間的羅曼史……，你知道怎麼回事啦。

當然，在小說的世界裡，公式化的小說也是有的——不是說嗎，所有〇〇七故事的情節都一模一樣。可是當你在好幾本小說中都使用同樣的人物，只是換了名字，或者同一個梗你一用再用，效果自然會大打折扣。在小說裡，你最需要的是原創力。

本書談到的很多修稿要點，都牽涉到寫作風格的時代變遷——如果你還記得，我們在本書一開始談到的「演」和「說」原則就是如此。不過，「一次，通常就夠了」的原則，歷經世紀變遷，始終適用。馬克吐溫曾經評論詹姆士．費尼摩．古柏的《皮襪子》(James Fenimore Cooper, *Leatherstocking*)系列小說，他說：

在他小小的舞台道具箱裡，古柏放了六到八件巧妙道具，他筆下的村漢與樵夫就用這些小把戲來互相欺騙、互相陷害。他把這些傻瓜兜得團團轉再放他們走，為之樂此不疲。他最愛用的一套是，一個穿平底靴的土著踩著敵人的腳印走，藉此隱藏自己的足跡。為了玩這套把戲，古柏不知穿壞了多少雙平底靴。另外一套他經常拿出來耍的舞台道具是折斷的樹枝。……在他的書裡，若有哪一章沒人踩到乾樹枝，那還真令人鬆一口氣。……說真的，《皮襪子》系列應該改名《斷樹枝》系列才對。

自我檢查

- 重讀你的手稿，想想你每一段要達到的效果是什麼——是要說明某個人物特質，塑造某種心情，還是要暗示某種背景？你用幾種不同的方式來達到這些目標？
- 如果你用了不只一種，暫且把最弱的那種刪去，再讀讀看，效果是不是更好了？
- 在章的層級呢？你有不只一章講的都是同樣的東西嗎？
- 有沒有哪種情節技巧或風格效果是你特別愛用的？你用了多少次？
- 你的壞蛋們各有各的壞法嗎？你有沒有賦予他們讀者能夠認同的性格特質？
- 最後，注意看有沒有出於無心的重複用字。要記住，一個字詞愈是生動有力，重複使用就愈顯得礙眼。

練習

A 把下文中重複的地方刪掉：

「進來吧，別害羞啦。」

我倒不是因為害羞才沒走進去。這是我第一次造訪單身漢的公寓，一切景況竟然跟傳聞一模一樣，讓我嚇了一跳。牆上掛著天鵝絨的貓王畫像，畫像下方是藍色天鵝絨的長椅，粗毛地毯是橘色的，咖啡桌是合成樹脂材質，貼牆的櫃子似乎是塑膠仿木。這些都還罷了，最讓我驚訝的是這地方好像真有人住，而且還住得挺來勁兒的。

咖啡桌上有磨損的痕跡，看來像是有人在上面跳過踢踏舞。電視機前面的深棕色塑膠躺椅，其中一條扶手上有好些個香菸燒痕。電視天線是拿衣架掰彎了充當的，上面還掛了一件汗衫，想來是髒的——我並不想走過去確認。天花板上則有一兩處看不出是什麼東西的污痕。

「喜歡嗎？」他說：「昨天我花了一整天清理，就為了你。」

B

再來是這段描述，取自法蘭．朵芙《合理的瘋狂》初稿：

克蘭西是由瑪莉琳轉介給唐納，唐納轉介給蘿絲，蘿絲再轉介給我的。老實說，我覺得我這些同事真可恥，把這人轉介來轉介去，雖然我完全瞭解這是為什麼：克蘭西真他媽的太無聊了。同事們大概覺得城裡有這麼多有趣的人——同性戀電視製作人、靠著陪睡一路走紅的女明星、自命不凡的大老闆、拈花惹草的華爾街大亨，這些人都需要治療師——所以實在不需要忍受像克蘭西這樣的病人。就連我自己都曾這麼想過要請他另尋高明。克蘭西是個會計，在皇后區一家小型岩鹽分銷公司上班。他皮膚蒼白，害羞膽小，笑容了無生氣，說話帶鼻音，漫天閒扯又慢吞吞的，你等他吐出下一個字的時候可能就睡著了。更讓人覺得煩的是，他對老闆死心塌地效忠。他替這老闆工作十年了，每年給他區區四萬二千美元，要他經年累月加班，而且沒有加班費。克蘭西實在是個好人，可是他的問題很小、很小，而且無聊。

11・精緻，而且自然

席瑟邊朝廚房走，邊脫下一層又一層的衣物，同時也跟著脫下了她在公眾面前的整潔形象。不過就是個形象，她心想。本質上，席瑟是個邋遢鬼。

她停在廚房外的走道上，倚著門框剝下褲襪，往冰箱上頭一丟，這才放鬆地嘆了口氣。還是很熱，但至少沒有衣物的束縛了。現在該找點東西來吃，她站在冰箱前面這樣想。

你大概已經看出以上文字有幾處需要修改（重複的字眼，以及沒有必要的「她心想」）。照著我們之前談過的修稿要點改好之後，不管什麼文字都會顯得更專業，但在這一章，我們還要教你幾招風格方面的訣竅，讓你的文字格外精妙。

這些訣竅總的來說就是兩個原則：避免那些已經被用濫了的句法，以及不合時宜的行文風格。不管你用什麼方法讓文字微妙深刻，修稿時心存這些訣竅，就會讓你的作品讀來專業而不外行。

首先，請盡量避免以下這兩種句法。就我們多年的接案經驗，這兩種都是職業寫手特別愛用的：

脫下手套，她轉向他。

（Pulling off her gloves, she turned to face him.）

她一邊脫下手套，一邊轉向他。

（As she pulled off her gloves, she turned to face him.）

兩種寫法都文法正確，並且清楚表達了動作。但請注意，這兩句都是兩個動作並存，使得第一個動作似乎比較遙遠，是附屬的，不重要。常用這種造句法，文字會顯得軟弱。**【譯註：第一種句法是英文的「動名詞附屬子句」，第二種句法是以as開頭，表示同時存在的形容子句。用as開頭的子句和用ing連接的子句都表示同時在做兩件事。中文雖然沒有這個問題，但寫作者有時會忽略文字邏輯，亦可藉此例警惕。】**

我們建議避免這兩種句法的另一個原因是，兩個動作同時做，有時候在現實生活中並不可行。我們曾經幫一位行為生物學家修自傳，她在描寫田野工作時竟寫著：Disappearing into my tent, I changed into fresh jeans.（直譯就是：在鑽進帳篷的同時，我還換上了乾淨的牛仔褲。）

拜託，誰一邊鑽帳篷一邊換褲子？

然而，我們並不是建議你完全不要使用這種句型。有時候你要描寫的動作確實是同時發生，而且確實有一個動作是附屬的，不值得另起一句，在這種情況下就沒有問題。只是你要記得，有些句型已經用濫了，所以你要提高警覺，若發現自己在某一頁裡用了不只一個通俗句型，就應苦思別種寫法。

比方說「她一邊脫下手套，一邊轉身面對他」，就可以改成「她脫下手套，然後轉身面對他」，或者「她脫下手套，轉身面對他」。

⊘

你若不想看來外行，還有一個辦法，就是不要使用陳詞濫調。當然，所有的陳詞濫調，一開始都是很有創意、很好的表達方式。但就是因為很好用，所以給大家用濫了。你看看自己的稿子，如果發現某些句子死氣沉沉，可能就該刪掉一些老套的寫法。比方說，你的人物不該「過著快車道上的超速人生」（live life in the fast lane），你的寫作不該「不值一文」（worth no more than a plugged nickel）。而你若看見有人寫出「她把頭一甩」（She tossed her head），你就該問：「甩了多遠？」**【譯註：以上皆美國俗語，中文當然也不乏應該避免的陳詞濫調。】**

你還得注意你塑造的人物是不是落入老套，尤其是配角。不要再形容會計師戴著厚眼鏡，或牧師說話輕柔溫和，或紐約運匠開車像瘋子（雖然最後一個例子可能非常寫實）。你用這些老套來描寫人物，創造出來的會是卡通人物，而不是栩栩如生的角色。

提個警告：敘述的時候，為了把複雜的情況說清楚，也許你非得使用一些常用的詞語不可。這時候你應該先想想看，能不能轉換一下這陳詞，稍作改變，給它一點新意。我們曾修改過一部著名的小說，作者原用「他們消失在虛空中」（they vanished into thin air）簡潔帶過。我們建議改成「他們消失在濃霧中」（they vanished into thick air），這樣寫很適合故事所在那個歐洲城市的詩意、多霧氣氛。

我們在第五章提醒過你，寫對白時要留意是不是用了副詞。為了文字精緻起見，即使你不是在寫對白，也應該少用副詞。你在寫初稿時，往往腦袋裡想到的第一個動詞你就用了，都是常見、通俗的詞，不是挖空心思去想的。例如「放」這個字：

「她把杯盤放在廚房桌上。」

「放」這個字不夠精確，所以你為它添加形容，加上一個副詞：

「她憤怒地把杯盤放在廚房桌上。」

用這方法寫初稿沒問題，但你在修稿時，就要把這些加了副詞的動詞像拔野草一樣拔掉。拋棄腦海裡自然湧現的軟弱動詞，換成強大而明確的動詞，這樣你不需要別的詞助陣，就能傳達你想要的意思。

「她把杯盤摔到廚房桌上。」

用一個軟弱的動詞加上副詞，來承擔一個強大動詞就能做的工作，你的文字就被稀釋了，原本可以發揮的能量也消失了。

當然囉，就跟本書裡所有的原則一樣，這也有例外狀況。如果你的女主角剛剛完成了修復老爺車的大工程，這是她努力了九年的成果，你可能非得這麼寫不可：

「她緩緩地、戀戀不捨地扭緊最後一顆螺絲。」

這樣寫並不是很好，但可以接受，因為也許沒有任何一個單一動詞，能夠傳達女主角此刻上緊最後一顆螺絲的方式。不過，即使你並非因為偷懶才使用副詞，仍可能給人偷懶的感覺，因為副詞早已被用濫了。所以你最好還是改寫對這輛車的描述，從女主角的觀點、用她的聲音來寫，這樣我們就看得出她有多麼愛這輛車，而不需要你直接說出來。也就是用「演」的，而不要用「說」的。

⊘

有些風格伎倆非常「不入流」，能不用就不要用。其中一個就是強調性的引號，就像前一句的「不入流」這樣。猛加引號只會顯得作者沒有自信，但驚嘆號和粗體字比引號還要糟糕。**【編按：原作此處是在討論驚嘆號與斜體字（*Italics*）的風格問題。斜體字在英文小說裡常在文句當中用來加強特定字詞的語氣。在中文裡少有斜體字用法，因此我們以下改用粗體字來呈現。】**

驚嘆號容易讓讀者分神，只該在某人真的吼叫或大受驚嚇時才用，太常用的話，會讓人覺得你拚了命要給對白或敘述添油加醋。至於粗體字，那就好像是作者用手肘猛戳讀者的肋骨，邊戳還邊氣急敗壞地問讀者：「你**懂**了吧？**懂**不**懂**？」

有些羅曼史雜誌的文章和短篇故事就常常使用驚嘆號和粗體字，看起來惺惺作態，讓人想笑：

「噢，**天哪！**」珊曼莎說：「你可知道他**幹**了什麼？他把我抱起來，丟到床上，然後就把他自己**壓**到我身上！我告訴你，雪莉，我**爽斃了！**」

如果你還不相信，請看下面例子，取自瑪莉．戈登的《女伴們》（Mary Gordon, *The Company of Women*），描寫母女兩人發生尖銳衝突，我們給它加上了幾個驚嘆號和粗體後，變成這樣：

「我根本不該讓你去哥倫比亞的，我早該知道他們會占你便宜！」

「沒人占我便宜，媽媽。」

「那你怎麼會落到這步田地？」她咬牙切齒地說。

「我落到這步田地是因為我的避孕方法不對！」

「在這屋子裡不准說那個！」

我忘了，根據我媽的法典，避孕比性行為還要糟。

「孩子是誰的？」她問：「那個該死的教授，對吧？」

「我不知道。」

「不要想保護他，我瞭解你。」

「我不知道是誰的，媽媽。我跟兩個男人上床，我不知道哪個才是父親！」

「那好，」做媽的說：「很棒，真美！」

關於我孩子的父親，她從此沒再提起，一個字也沒提到逼婚，沒提到告官提訴。這很了不起，因為她，別的不說，對於傳統是堅持信守的。

再來讀讀作者原文：

「我根本不該讓你去哥倫比亞的，我早該知道他們會占你便宜。」

「沒人占我便宜，媽媽。」

「那你怎麼會落到這步田地？」她咬牙切齒地說。

「我落到這步田地是因為我使用的避孕方法不當。」

「在這屋子裡不准說那個。」

我忘了，根據我媽的法典，避孕比性行為還要糟。

「孩子是誰的？」她問：「那個該死的教授，對吧？」

「我不知道。」

「不要想保護他，我了解你。」

「我不知道是誰的，媽媽。我跟兩個男人上床，我不知道哪個才是父親。」

「那好，」做媽的說：「很棒，真美。」

關於我孩子的父親，她從此沒再提起，一個字也沒提到逼婚，沒提到告官提訴。這很了不起，因為她，別的不說，對於傳統是堅持信守的。

你可以看得出來，明明朗讀出聲後都一樣，但不加粗體和驚嘆號就硬是比較好看，對白和描述就已傳達了所有必要的情緒。作者的聲音本來就冷靜而自信，完全不需要再用任何小技倆。

花俏、詩意的語言，是另一種伎倆，用多了，讀者就知道你外行，可是新手卻偏偏愛用，只有老手才深知節制。如果你是詩人，想像出來的意象全都新鮮強烈，那你可能很難克制。但除非你寫的人物本來就是個詩人，在日常生活中確實是以詩意的方式觀看世界，不然你最好還是克制點，否則故事就被你搶過來講了，這樣不好。

下面是彼得·古柏的小說《比利·謝克斯》（Peter Cooper, *Billy Shakes*）

初稿中的一段，故事裡的某人剛得知他妻子懷孕了：

「女人的問題，就是總以為自己什麼都算定了。」胡特苦笑著說：「但其實她們根本什麼都不知道。」

「別這樣，胡特。」露西說：「承認吧，你要當爸爸了。」

「實話告訴你，露西，蘿絲或許懷了孕，」他的眼睛是深深的藍，像是偷來的寶石安放在骨頭的上面：「但是我跟你保證，我不是孩子的爸。」

「你在說什麼？」她驚恐地悄聲問。

「我在說，我**不可能**有孩子。」他頓住，點燃一根香菸，他的手極其輕微地抖動：「我娶蘿絲的前一年，剛好動了輸精管切除手術。」

偷來的深藍色寶石安放在骨頭的上面，這個隱喻效果不佳。不過問題倒不是隱喻的好壞，而是它根本不該出現在這場景裡。這場景是整個劇情最關鍵的一刻，小說在此大轉彎，接下來，我們會發現胡特最好的朋友，也就是露西的丈夫，才是蘿絲胎兒的爹。此時我們本該全神貫注於情節的演變，卻被作者拉了開來，將注意力轉移到作者的詩心上。片段詞語不去表情達意，卻叫讀者去注意到遣詞用字的技巧，作者顯然太用力在製造效果了。

⊘

處理性愛場景時，尤其不要顯得太過用力。專業作家永遠會用隱晦幽微的方式來寫，意思是說，即使書名就點出了這是本充滿露骨性愛的小說，你也要避免「粗重的喘息」之類的描寫。前些年，露骨的性愛場景能讓小說顯得深刻、真實，對銷售很有幫助。但現在，色情圖片到處都是，性愛場景再怎麼渲染也失去了驚人的效果。

反倒是，用含蓄的方式來寫，能激發讀者的想像，效果可能會更好。你可以復古一點將性的接觸隱藏在字裡行間就好。因為，讓讀者自行想像性行為的細節，會比你講得一清二楚更讓他們投入。兩個人在字裡行間做愛，比在床上做愛更撩人。

舉例來說，當代文學中最著名的性愛場景，可能莫過於瑪格麗特·米契爾的

《亂世佳人》這一段：

他將她一把抱起，擁入懷中，往樓梯上走。她的頭緊壓在他胸前，耳下聽到他砰砰的心跳。他勒痛了她，她叫起來，聲音搗住了，嚇到了。在全然的黑暗中他往上爬，一直上一直上，她則恐懼到發狂。他是個憤怒的陌生人，而這深沉的黑暗、比死亡更深的黑暗，也是她不理解的。他像死神，用鉗得痛人的手臂把她帶走。她尖叫，卻被他的身體消音了。他在樓梯頂端停住，迅速扭轉過她的身體，低頭吻了她，野蠻的、完全的力道，把她心上所有一切都抹消了，只感到她沉入那黑暗，以及她唇上的雙唇。他在發抖，彷彿站在強風中，而他的唇，落在她柔軟的肌膚上。他喃喃說著什麼，她聽不到，他的唇激發出她從未曾有的感覺。她是黑暗，他也是黑暗，此前一切皆空無，只有黑暗，以及他的唇，在她的唇上。她想說話，他的嘴卻又占住了她的。突然間她感到從未經歷的狂烈震顫；喜悅、恐懼、狂熱、興奮，她向那雙強壯的臂膀投降，向那咬得人瘀青的雙唇、移動得太快的命運投降。一生首次，她遇見了比她強壯的人，一個她既不能威嚇也不能馴服的人，一個正在威嚇她、馴服她的人。不知怎地，她的雙臂摟住了他的脖子，她的嘴唇在他的唇下顫抖，他倆又繼續往上，進入黑暗，柔軟、旋轉、包裹一切的黑暗。

次晨當她醒來，他已經走了。若不是身旁揉皺的枕頭為證，她還以為昨晚發生的事情是一個荒謬的夢……

當代編輯可能會把這一段拆成更多段——要是我們的話一定會這樣做。但是稍微像樣一點的編輯，都不會想要添加露骨的性描述或身體器官描寫。這場景已經能夠激發讀者的想像，在一九三〇年代末期如此，今天依然如此。

說髒話也跟性描寫一樣，寧可含蓄。有一段時期，小說人物好像得滿嘴髒話才能證明他跑過碼頭、混過江湖。但是這些年來，髒話太普遍了，再用就顯得你文字造詣不夠。當然，如果你的人物就是那種動不動滿口三字經的人，那就讓他罵吧。可是要記得，少用些就夠了，讀者知道怎麼回事的，用多了只會讓人反胃。倒是想想，在他媽的整本書裡如果只有一句髒話，那該多帶勁兒啊。

⊘

要怎麼知道你已經達到文學上的精妙深沉了呢？當你覺得你寫的東西看起來彷彿毫不費力的時候，那就是了。當然這並不是真的毫不費力，雕琢美文本來就是苦工啊。我們的客戶通常需要在我們的指導下修稿四次，小說才有辦法出版。而我們所見到的「初稿」，很可能已經是客戶們改了又改的稿子。

芭蕾舞者練習了許多年，為的只是在舞台上看起來輕盈一如林中仙子，當最傑出的舞者翩然起舞之際，台下的觀眾會生出錯覺，以為跳舞是世界上最容易、最自然不過的事。身為文字工作者，這就是你的終極目標，請讓你的文字輕盈，跟天生萬物一樣自然。

自我檢查

- 數數看，有多少次你讓人物一邊做A一邊做B？用螢光筆把它們畫出來，看看兩種動作是否能同時做。

- 副詞呢？你用了多少？不僅是在對話裡，在描寫和敘述裡的也算。
- 有什麼比喻手法是你特別愛用的嗎？它們是否出現在關鍵情節？是的話，考慮刪掉。
- 你寫的性愛場景留給了讀者多少想像空間？
- 你用了很多髒話嗎？

練習

A 這次來修改古典名著。路易．卡洛爾在《愛麗絲夢遊仙境》（Lewis Carroll, *Alice in Wonderland*）中所使用的風格，在當時完全可被接受，也無損於這本書的優美。但是依今日標準，它還是稍嫌囉嗦了點。所以請試著修改以下這段：

這時候，八兩一直努力試著想收起雨傘，把自己包在裡面，這怪異的舉動把愛麗絲的注意力從氣呼呼的半斤身上移了開來。八兩最後跌滾在地，被傘綑住了，只剩下頭在外面；他就躺在那裡，嘴巴和大眼睛開開闔闔——「看起來活像一條魚。」愛麗絲心想。

「你當然同意開戰吧？」半斤的語氣比較冷靜了。

「大概吧。」另一位不高興地回答，並且爬出雨傘：「不過她得幫我們打扮，你知道的吧。」

於是兩兄弟手牽手走進樹林裡，一會兒之後又回來了，四隻手全拿滿了東西，像是墊子、毯子、壁爐地毯、桌布、碗碟蓋布，以及煤桶等等。半斤對愛麗絲說：「我希望你很會別別針、綁鞋帶？所有這些東西都得要弄上身，不管你用什麼法子。」

愛麗絲後來說，她從來沒見過這種騷動忙亂——像這兩人這樣奔來跳去，把那麼多東西安到身上，叫她使盡力氣費盡功夫綁繩子、扣鈕扣——「說真的，他們打扮好了準會像兩團舊布綑！」她對自己說，同時又把一個抱枕包在八兩的脖子上，「免得他的頭給砍斷」，他自己是這麼說的。

「要知道，」他非常嚴肅地又補充了一句：「在戰鬥中最嚴重的事情，就是頭給砍了。」

B

這一題是總練習。我們寫了這段文字，作為寫作班練習之用。先聲明：本書曾提過的所有修稿要點，都可以在這裡找到。

「可是艾妮甜心，」文索吸了一口氣說：「我發誓我根本沒走近史密斯旅館！」

「文索親愛的，」艾妮語帶諷刺地說；「海倫可不是這麼說的。」她望向窗外。

文索不自禁看著自己的雙手。他用腳磨蹭地毯，感覺自己像個小男孩，手拿球棒站在打破的窗戶前面。但緊接著他憤慨了起來，認為受到了冤枉。「不行！」他氣沖沖地想：「我得硬著頭皮撐下去才行。」海倫老是專門製造麻煩。

「艾妮，」他誠懇地說：「你怎能聽信大傻瓜海倫的胡說八道呢？上星期才……」

門鈴轟然響了起來。

艾妮一邊小心地把雪茄放在菸灰缸上，一邊越過房間去開門。

一個年輕人高高的身影透過街燈映了出來，前額的黑髮因沾了夜霧而略微反光，瘦長的身子上，穿著寬大的飛行員夾克和褪色磨白的牛仔褲。

他的手上，則是那熟悉的方盒子。

「你們叫了披薩？」他大喊。

艾妮回過頭。「文索甜心，」她咬牙切齒地繼續說：「這是你幹的好事嗎？」

「啊呀不妙。」送貨員心想：「他在跟老婆娘超嘴，這回我哪不到小費了。」

12・獨特有力的聲音

十九世紀一位著名作家，早期寫的一本航海小說這麼開頭：

明亮的熱帶午後剛過了一半，我們逃離海灣已很遠了。我們要找的船躺在離岸約三浬處，上桅主帆收著。廣大無邊的海洋上，就只有這東西。

多年後，這位作家寫出另一本第一人稱的航海小說，開頭是：

叫我以實馬利。若干年前——別管到底多久了——我一文不名，岸上也沒什麼我想做的事，我只想出海去跑跑，看看水上的世界。

第一本《歐木》（*Omoo*）的開頭提出了一些引人好奇的問題——敘述者是誰？他為什麼要逃離海灣？他和伙伴要逃離什麼？——也清楚地描述了等待接應的船。但是第二本《白鯨記》的開頭，卻讓人無法抗拒。兩者之間差別在哪裡？

答案很簡單：聲音。從這兩本赫曼．梅爾維爾的小說可看出，最偉大的聲音也需要時間來培養。在寫《歐木》時，梅爾維爾顯然還沒找到賈德納（John

Gardner）所稱「他響亮、權威的聲音」。賈德訥指出，在《白鯨記》的開頭，韻律「升高，向前推進，停頓，蓄積，然後又再向前。」權威的氣勢不容置疑。

當然，作者的聲音在小說裡通常會是某個角色的聲音。在《白鯨記》中，說話的聲音是以實馬利的，也是梅爾維爾的。角色的聲音和作者的聲音總是緊密相連。請看看下面這幾個段落，不同小說裡的主角都怎麼出場：

> 我姓鮭，鮭魚的鮭，名叫蘇西。我在十四歲時被謀殺了，那是一九七三年十二月六日。在七〇年代，報上登的失蹤女孩照片，大部分都像我一樣，是淺褐色頭髮的白人女孩。那時候，還沒有人在牛奶盒上印出各種膚色的失蹤兒童的照片，也沒有協尋失蹤兒童的傳單夾在報紙裡分送。那年頭，一般人不相信這種事會發生。
>
> 在我初中的年度紀念冊上，我引述了一位西班牙詩人的句子。這詩人，吉曼涅茲，是我妹妹介紹我讀的。我引的詩句是：「若有人給你畫了橫隔線的紙，你就轉過來直著寫。」這詩句一方面表達了我看不順眼教室周遭一切的井然有序；另一方面，這詩不像什麼搖滾樂團的笨歌詞，它讓我顯得挺文

藝的。我參加棋藝社和化學研究社，上家政課的時候我總是把東西燒焦。我最喜歡的老師是波特先生，他教生物，總愛拿著將要被我們解剖的青蛙和小龍蝦，在滑溜溜的解剖盤上比來比去，像是跳舞一樣。先說明，殺死我的不是波特先生。

——愛麗絲．希伯德，《蘇西的世界》(Alice Sebold, *The Lovely Bones*)

「好了，好了。」〔希斯克里夫〕說：「你受驚了，洛克伍德先生。來，喝點酒吧。這屋子極少有客人來，所以我和我的狗兒們，我承認，都不曉得該怎麼接待客人了。祝你健康，先生！」

我鞠躬還禮，並漸漸體認到，就為著一群狗對我不敬而坐在這裡生悶氣，也未免太傻。再說，我可不想讓這傢伙愈發在心裡嘲笑我，而且氣氛也變了。或許考慮到沒必要冒犯一個可能的好房客，他放輕鬆了點，說話不再是用那麼簡短、省略的方式，開始向我講述他認為我會感興趣的事——

我退休以後住在哪裡各有何優缺點。在我們談到的話題上，我發現他知道得很多。要告辭的時候，我很想提出明天再來看一次，但他顯然不希望再受打擾，所以我就走了。跟他比起來，我覺得自己合群得不得了。

——艾蜜莉·勃朗特，《咆哮山莊》（Emily Bronte, *WutheringHeight*）

有人用英文問：「你說什麼？」

譚區先生一個轉身說：「你是英國人？」他的語氣驚訝，但是一看到那張圓圓的扁臉，留著三天沒刮的鬍子渣渣，他改口說：「你講英語？」

是的，那人說，他講英語。他直直站在陰影中，小小的個子，穿著襤褸的城市西裝，手提小公事箱。一本小說夾在他的腋下，封面的色情圖片露出了一點，顏色俗豔。他說：「抱歉，我以為你在跟我說話。」他的眼睛凸出，給人的印象是歡欣鼓舞但暗藏抑鬱，就像是也許他在慶祝生日……但獨自一人。

——格雷安‧葛林，《權力與榮耀》

（Graham Green, *The Power and the Glory*）

賈斯汀站在那裡，優雅地背對著他，梳理得一絲不亂的頭面向著牆壁……

「嗨，山迪。」賈斯汀把「嗨」字拉長了。

「嗨。」

「我聽說今天早上不開會，出了什麼事嗎？」

這真是出了名的黃金般的聲音，伍卓心想。他注意著每一個細節，彷彿每件事對他來說都新鮮有趣。這聲音隨著時光蒼老了，但保證依舊迷人，只要你愛聽那音調而不在乎內容。我即將要改變你的人生，為什麼還要輕看你？從現在起直到你的生命終了，此刻將是分水嶺，你的人生階段將以此分界，我的也一樣……

「我想都好吧？」賈斯汀以他慣用的造作聲音懶洋洋地問：「葛羅莉亞

有沒有因為天氣太熱所以身體不舒服？孩子們一切都好？」

「我們都好。」伍卓拖延了一下，然後又探詢著說：「泰莎下鄉去了。」他正給她最後一次機會，證明消息大錯特錯。

賈斯汀的話立刻多了起來，每次聽到泰莎的名字他就這樣。「是啊，這些日子來她馬不停蹄，到處進行救濟工作。」他抱著一本聯合國的大部頭書，厚達三吋的一大冊，彎下腰，把書放在側几上。「照這樣下去，等我們離開時，她已拯救了整個非洲。」

「她下鄉去到底是幹啥？」——他仍然抓住稻草不放——「我還以為她在奈羅比這邊忙別的事呢。在貧民區，基貝拉，是吧？」

「沒錯。」賈斯汀驕傲地說：「她日夜不停，這可憐的女孩。從給嬰兒擦屁股到為他們打公民權官司，我聽說她什麼都做。當然，她的客戶差不多都是女人，她喜歡這樣。只是她們的男人們不大高興。」他露出了渴望的微笑，像是在說「要是能這樣簡單就好了」的意思。「財產權、離婚、虐待、婚內強暴、割陰蒂、使用保險套，一切的一切，她每天都在面對這些東西。你看得出為什麼她們的丈夫不高興，是吧？要我就會，如果我也愛強暴我老婆的話。」

——勒卡雷，《永遠的園丁》(John le Carré, *The Constant Gardener*)

每個作家都希望能擁有強勁、獨特而權威的寫作聲音，但編輯或寫作老師們卻愛莫能助。每一位作家都有他自己的寫作方式，沒有規範可循。不過，身為作者，你絕對可以從自己身上發掘出獨特的聲音，方法很簡單，就是：別想太多。

有位著名的詩人，經常主持寫作班，有一次他的學生請他讀一首詩。詩很長，是自述性質的寓言故事，用宴會裡的不同賓客，代表這學生自己的人生各個面向。詩人讀了，交還詩作，評論說：「不行，孩子，你得先學會押韻。」

我們最近幫一位小說家審稿，他的小說用了很多短而強的句子和不完整的句子（「一點一刻。快到了。他用指甲劃過手錶錶面上的一道刮痕，之前摔跤時被什麼東西刮到的。它還在走。」），結果創造了獨特而有強烈緊張感的聲音，顯然作者非常努力地寫出這樣的聲音，並且一直這樣寫下去。不幸的是，這聲音太獨特了，以至於他的每個角色說話聽起來都一模一樣。而且緊張感一直持續，讓這本小說讀起來很累，就像把《大黃蜂的飛行》這首短曲，拉長到整場音樂會的長度似的。

我們當然瞭解，新手作家可能會因為特別熱愛某位文學大師的作品，而想模仿那作品裡的聲音。可是專業作家的成熟聲音讓新手刻意模仿起來，往往顯得裝模作樣，令人無法卒讀。這種裝腔作勢剛好清楚顯示了作者的外行。

模仿者至少在潛意識裡是想捕捉作家的「聲音」，只是通常模仿出來的是作家的「風格」。風格和聲音是兩回事。仔細想想看，每個作家有他的文學風格，可是並非每個作家都有自己的文學聲音。建立自己的風格並不能讓你發展出聲音，模仿喬伊斯或吳爾芙的風格，也不能得到他們的聲音。

還要記住，風格強烈的偉大作家，都是為了講他們要講的故事而發展出風格。福克納在《我彌留之際》（*As I Lay Dying*）中有許多觀點和時態的大膽創新，這種風格很適合敘述本德倫一家人的故事。可是當他要講一個比較簡單而直接的故事如《掠奪者》（*The Reivers*）時，他就用了比較直接了當的風格。身為作者，你的主要目標是盡力吸引讀者進入故事。如果風格干擾到故事，目標就無法達成。

永遠把故事放前面，風格放後面。讓我們重複那位老詩人的忠告：不行，孩子，你得先學會押韻。

⊘

不過，請不要因為怕陷入文學上的裝腔作勢而走上另一種極端，極簡主義，除非你的聲音本來就適合走極簡路線。有的時候，寫幾段詩意盎然的美文也挺恰當的，就像第六章所舉喬伊斯的例子。下面這段文字採自艾迪絲．帕姬特的《基督教國第八勇士》（Edith Pargeter, *The Eighth Champion of Christendom*），時間是一九三九年，主角吉姆剛剛從收音機裡聽到英國對德國宣戰：

> 「那表示我們宣戰了。你聽到沒有，爸爸？我們宣戰了。」
>
> 「早該了。」他父親斷然道：「鄉親們已經在議論他們到底打是不打。」
>
> 他這話說來容易。他已經老了，來日回顧，他的人生並不會只有戰爭。他的身心捱得過去，戰爭不會改變他。責任不是由他來扛，恐怖也輪不到他

來感受。如果需要遠見，也不會是他的遠見。這是好事也是壞事。一個老人遇到戰爭，人生已經過去大半，沒有什麼需要做的，這很容易。但是如果你的人生才剛開始，大地卻在腳下震盪，天要塌下來了，你感覺自己得獨力撐起那天、穩住那地，那可一點也不容易。

〔但〕他並沒有這樣想。他想的是：**我得決定要做點什麼，現在要靠我來努力了。**

沒有更清楚的概念，沒有更複雜的想法。

注意到了嗎，作者帕姬特在此的敘述聲音相當遠距離——「獨力撐起那天、穩住那地」，這樣的語句大概不會出自主角吉姆的腦袋——而且她註明了吉姆有意識的想法，並用粗體字清楚標示出來。這段文字不是採用吉姆的聲音，卻傳達了在這關鍵時刻他複雜的心緒。用語細微精緻，卻也相當明確，以吉姆為中心，所以完全不華麗。這是本段與上一章所引述的彼得．古柏那個例子的差別之處。

如果你詩興大發，偶爾也可以表現表現，只是要記得我們講過的其他原則，例如比例問題。假如你花了時間精力去捕捉某種特別的心理狀態，你得確定這心態值得捕捉——像是主角生命的轉捩點、覺悟到他人生意義的片刻。如果你把文學天分耗費在某個人物一時的奇想，或偶發的怒氣，讀者會覺得做作，你也阻礙了故事的發展。

不要寫太多美文。你的筆下人物多半並沒有這種描寫天分，你用這種寫法愈久，讀者愈覺得脫離了這些人物的聲音。即使你的觀點人物是個極其敏感的詩人，你一直用這種高度藝術性的描寫法，也會給人一種印象，就是這人物隨時都處於夢囈狀態。讀者縱使不認為荒唐，也會覺得很累。

那，你要怎樣轉入較高遠的聲音，又要如何轉回較親密的語調呢？或許可以參考下面這個例子，描寫莎莉傍晚時分騎馬出遊，取自我們一位客戶的文稿，為求簡短，稍作了刪節：

> 「大步走，丫頭。」快到小溪時，莎莉對小狐〔她的馬〕說：「拿出點氣派給我瞧瞧。」
>
> 這高頭大馬毫不猶豫躍過水面，然後輕巧平穩落下，繼續馳騁向前，莎莉．杜蒙熱血沸騰，恨不得一輩子騎在馬上，尤其是在傍晚的天光裡。她可

以在馬背上待幾個鐘頭，跟馬說話，欣賞長青樹在落日餘暉中轉成橘色，與藍色的天空形成對比。霞光則在西天蔚成粉紅色條紋與漩渦。不過，她最喜歡的是那奔騰如雷電，大步躍過曠野的感覺。強壯又優雅，唯有馬能兩者同時兼具，而她欣喜能參與其中。

四條細瘦的腿既如雷電又如芭蕾，她願意永遠騎在上面，跑過她完美世界的每一畝地。先騎小狐，然後是小后，然後是國王，再然後是公主，以及其他。即使是她與彼得相擁於溫暖的毯子下面時，她還是在騎著馬，夢想著落日與鞍轡，最自由不過的風像馬鞭抽過她的頭髮，就如此刻，樹與天空掩飾了本色，小狐化身為雷霆與芭蕾，在那個如莎莉與天空一般靜謐而純真的世界。

暮色在莉兒聖地撒下陰影。彼得和莎莉如此暱稱他們這片樂園。這是五十畝地的養馬場，位在北達科他州，完全遺世獨立。光線黯淡了，草原邊上的長青樹幹和粗枝披上黑紗，看不清楚了。大自然優美的幻象如魔術般成形，終於以鹿的形象出現在眼前，站在矮叢中間。

莎莉就騎著小狐進入此幻象。她的長直髮與馬的長黑尾在風中飛舞，馬的動力鼓盪起來。這是自由，每一踏步都有韻律，馬蹄子踏在草上噠噠有聲。「好個丫頭。」韁繩叮噹，鞍轡的皮繩輕輕打著她。「你放開跑。」

正當落日的圓邊終於沉入地平線下，莎莉放緩了，轉過馬身，面對著餘暉說：。「我們最愛的地點。」

小狐輕嘶，頭左右搖，彷彿表示同意。

「今晚你真開心。」莎莉說著，拍拍馬的脖子：「我知道，我知道，我跟你一樣喜歡。在這裡死了都不冤——不過天堂裡也得要有這樣的大地才行，好讓我們永遠奔馳，還得要有落日，以及其他的馬。你說會有吧，丫頭？天堂裡有地方養馬和騎馬吧？」

小狐再度嘶鳴，這回比較響亮，耳朵抖動。

「我也這麼認為，不過那是很久以後的事。」

他們彷彿站在舞台的聚光燈下，因為在他們頭頂有強光，像是從天空的包廂落下的，還有日落處的光芒。在他們後面及四周則是陰影，應該就是觀眾坐在那兒拍手的地方。小狐嘶鳴，驕傲地把頭抬高，耳朵向後扭並且抖動，好像在傾聽鼓掌聲。蟋蟀的啾啾可能就是那掌聲，而成片的螢火蟲則是照相機的閃光燈。每過一秒，他們面前的亮光便減弱一些，恰似舞台助理把聚光燈一盞一盞滅了，等待下次表演，在另一個完美的傍晚，那一定就是明天了，然後是後天、大後天——在莎莉看來就是每一天。

「不能永遠在這裡待著，走吧。」

寫得不錯，但你會注意到，作者的聲音有時高遠有時親近。第二段自我意識比較強，比較像是莎莉的聲音（「她可以在馬背上待幾個鐘頭……」），但是到第三段結尾時，就不像是她有意識表達出來的語言了——很少人會認為自己「像天空一般，靜謐而純真」。關於農場名字的解說那段忽然又像是她在講話，她與小狐的對話也是。最後的比喻，講聚光燈和照相機的閃光燈，則像她說的話又不像，有可能她明瞭自己像是站在舞台中央，也或許她只是模糊地感覺到。

當然，說不定莎莉真的時時沉浸在無言的喜悅之中，正如那距離較遠的敘述文字所捕捉的。如果這正是作者的意圖，那很好。但讀者無法很快進出這種情緒狀態，作者跳進跳出，他們會跟不上。以下是修改過的版本：

「大步走，丫頭。」快到小溪時，莎莉對小狐說。

這高頭大馬毫不猶豫躍過水面，然後輕巧平穩落下，繼續馳騁向前，莎莉．杜蒙恨不得一輩子騎在馬上，尤其是在傍晚的天光裡。她可以在馬背上待幾個鐘頭，先騎小狐，然後是小后，然後是國王，再然後是公主，再輪回來。她跟馬說話，欣賞長青樹在落日餘暉中轉成橘色，與藍色的天空形成對比。霞光則在西天蔚成粉紅色條紋與漩渦。不過，她最喜歡的是奔騰如雷電的感覺。

強壯又優雅，四條細瘦的腿既如雷電又如芭蕾，唯有馬能兩者同時兼具。她願意永遠騎在上面，跑過她完美世界的每一畝地。即使她與彼得相擁於溫暖的毯子下面時，她還是在騎著馬，夢想著落日與鞍轡，最自由不過的風像馬鞭抽過她的頭髮，就如此刻，樹與天空掩飾了本色，小狐完全就像是雷霆與芭蕾，在那個如莎莉與天空一般靜謐而純真的世界。

暮色在莉兒聖地撒下陰影。光線黯淡了，草原邊上的長青樹幹和粗枝披上黑紗，看不清楚了。大自然優美的幻象如魔術般成形，終於以鹿的形象出現在眼前，站在矮叢中間。

莎莉就騎著小狐進入此幻象。她的長直髮與馬的長黑尾在風中飛舞，馬的動力鼓盪起來。

正當落日的圓邊終於沉入地平線下，莎莉放緩了，轉過馬身，面對著餘暉。她們彷彿舞台的聚光燈下，因為在他們頭頂有強光，像是從天空的包廂落下的，還有日落處的光芒。在他們後面及四周則是陰影，應該就是觀眾坐在那兒拍手的地方。小狐嘶鳴，驕傲地把頭抬高，耳朵向後扭並且抖動，好像在傾聽鼓掌聲。蟋蟀的啾啾可能就是那掌聲，而成片的螢火蟲則是照相機的閃光燈。每過一秒，他們面前的亮光便減弱一些，恰似舞台助理把聚光燈一盞一盞滅了，等待下次表演，在另一個完美的傍晚，那一定就是明天了，然後是後天、大後天——在莎莉看來就是每一天。

小狐輕嘶，頭左右搖。

莎莉拍拍馬的脖子說：「我知道，我知道，我跟你一樣喜歡。在這裡死了都不冤——不過天堂裡也得要有這樣的大地才行，好讓我們永遠奔馳，還得要有落日，以及其他的馬。你說會有吧，丫頭？天堂裡有地方養馬和騎馬吧？」

小狐再度嘶鳴，這回比較響亮，耳朵抖動。

「我也這麼認為，不過那是很久以後的事。好啦，不能永遠在這裡待著。走吧。」

請注意，我們把雷霆的隱喻挪到莎莉已經沉浸在無可言喻的喜悅後面，改成利用（比較自覺的）舞台隱喻，來彰顯她從那境界中出來了。刪掉了關於農場的解說，與馬的對話則移到結尾，那時她的心思已經回到現實，想著天黑以前應該要回家這類事。運用稍遠的聲音來捕捉你的人物無法自行描述的情緒——至少她正處於那情緒時不會——是很精細微妙的，你得輕柔而節制才行。

⊘

還要記住，即使是能運用最獨特聲音的作家，也不是一天就發展出這樣的聲音的，梅爾維爾在寫《歐木》時還無法使用他在《白鯨記》裡的聲音。他還沒練成。要用成熟的聲音寫作，你自己得要先成熟。

雖然你在寫作時不該刻意在聲音上做文章，可是當你進入修稿階段時，倒是可以試試看：先重讀你寫的一個短篇故事或一個場景（就像你在檢查比例問題時那樣），如果你看到某個句子或詞語時突發欣喜之感，不禁對自己說：「啊，這就對了。」那你就拿色筆在上面畫線（我們用黃色），之後把所有畫了線的句子都大聲念一遍。暫時不要分析，單純去感受當中的韻律或豐富或單純或清新，總之就是感受那些讓你聽了會喜歡的東西。你此時大聲念出來的，就是你目前效果最好的聲音。用這種方式讓你自己知道這是你所要的，繼續寫作時就會加強這聲音。

然後，把同樣的章節再讀一遍，如果碰到某些礙眼或貧乏的詞句，在下面畫一條波浪線。回頭把所有你不喜歡的句子一起重讀一遍，這回嘗試分析一下它們與你喜歡的句子差別在哪裡。單調？太用力？彆扭？多餘？陳腔濫調？不自然？太模糊或太抽象？

如果問題是單調，就看看前後文，看看別的句子是否跟它的結構一樣。例如，如果連續好幾個句子都是平鋪直敘，那一定會顯得單調了。如果問題出在太模糊或太抽象，就重寫，寫得清楚詳盡些。「一男子走進來，點了一杯飲料」這句子太軟弱，遠不如「一個小矮個走到吧台前，點了一杯血腥瑪麗」來得生動。

如果問題是多餘，就檢查你的文字，看你是否在對話、內心獨白或甚至是敘述文字裡解釋了前因後果，有就刪掉或改寫。如果問題是太用力或不自然或彆扭，就把這些句子大聲念出來，仔細聽你在念的時候是否想要改動一些小地方。很可能你是想把它改成比較接近你自然的聲音。

常做這種練習，漸漸地你對自己的聲音會比較敏感，從而發展出你想要擁有的自信而獨特的聲音。人物的聲音和敘述的聲音皆如此，你如果沒有非常仔細去聽你的筆下人物說話，他們的聲音彼此間聽起來就不會有什麼差別。

下面這段文字取自《女伴們》，作者瑪莉．戈登給小說中每一個主要人物一段第一人稱自述：

是因為蝙蝠，我才決定結婚的。

在我家的閣樓上，蝙蝠為患。但我們都避免提到這事，因為根據不合邏輯的默契，誰先說了誰就得採取行動。賽普萊恩在醫院裡，我們擔心他快要死了。我們並不孤獨，只是全是女性。我們決定保持緘默，只有我女兒琳達

除外。她每天，或起碼一個禮拜有三天，會說：「這裡有什麼東西很臭。」這話可不是我教她說的。〔費莉西達〕

賽普萊恩若走了，會是極大的損失。但我蒙受過損失，我不再害怕。我怕的是這個中心不能維持下去了，沒有他我們會散掉，費莉西達和李歐會搬出去，克萊兒會認為這裡的生活太乏味，妙莉出於責任感，會勉強留下來陪我。這證明了人自私的本性：這個男人我愛了四十年，他一直引領我的靈魂，讓我不致恐懼、不致絕望，可是他要死了，我想的卻是這會造成鄰居四散。〔夏洛特〕

除了他以外，我不屬於任何人；沒人喜歡我，也許只除了那孩子，可是她不要一小時就會把我給忘了。他一死，我就會成為其他人心目中的負擔，一筆沒還的債。

所以我命定了要留在他們身邊，在自己的家中無家可歸，受苦，忍耐，比一個窮親戚還糟，因為我跟誰都沒有血緣關係。我跟他們完全無關，只除

了賽普萊恩，而他決心要死，留下我們守在一起。〔妙莉〕

我害怕其他人類的舉動和氣味，他們都活得不如我小心。我怕聽到妙莉的聲音，怕到見她綠色窗簾的印花；我怕伊莉莎白的笨拙和舉棋不定，費莉西達的粗魯和指指點點；還有琳達在不當時機來煩我，賽普萊恩身體的虛弱……。我怕他們把我的房子當成他們的房子，愛來就來，愛坐哪兒就坐哪兒，愛用什麼就用什麼。我在冒風險，但是人老了，風險也許是唯一明智的投資。〔克萊兒〕

我得學習美好愛情的原則，我得讓年老和疾病把我打垮，才能感受到我是生活在如此熱烈而強大的愛當中，這愛是如此豐美。我得先學會領略普通的快樂，從普通的快樂中，首次領略我這一生真正的寧靜祥和，我的人生，正如我想要的，充滿光輝華美。……如今，每個早晨對我來說都是一個奇蹟。我醒來，在微弱的清晨光線裡，看到朋友們的臉。〔賽普萊恩〕

除了我媽和我，這兒全是老人。我媽所愛的人，除了我全是老的。他們不久都會死掉。這是我媽想要嫁給李歐的緣故，這樣她所愛的人就不會都是老的、快死的……

我看到我媽倚著鏟子，接著我看到我外婆。她們在笑，看到我站在窗前。「出來。」她們說：「出來跟我們說話，我們很想你，跟我們說點什麼。」（琳達）

每一個聲音都是獨特的，因為每一個人物都有獨特的個性和感情，儘管他們全都是天主教徒，而且大多是老女人，教育程度也相當。每一個聲音都像是從人物口中自然湧出，而非出自作者；這些聲音完全沒有吃力或造作的感覺。為什麼？我們並不認為這是因為瑪莉．戈登在寫作前先坐下來擬出六種說話風格，定出六個不同人物的想法。比較可能的是，她傾聽這些人物說話，對他們熟悉無比，她知道當中任何一人都**不可能**用另一個人的聲音說話。

布奇納在《性靈追求》中寫道：「有些文學大師風格強烈，比如喬伊斯或海明威，缺點卻是，他們本人的聲音雖然能讓你牢牢記住，但他們筆下人物說話的聲音你卻很快就忘掉了。在詩篇其中一章裡，神說：『你們要安靜，要知道我是神。』我一直覺得這句話拿來當成文學建議也很好。要安靜，像托爾斯泰那樣安靜，像安東尼・卓洛普（Anthony Trollope）那樣安靜，好讓你的人物成為神，自己站出來講話，照他們的方式過活。」

在第六章，我們建議你把每一個主要角色的談話連接起來，大聲朗讀，幫助你分辨各角色的聲音。不僅如此，你還可以把從每個角色的觀點所寫的章節段落，也連起來念念看，比較容易發現有沒有哪裡的聲音，不太像是這人物會發出的。每個人的所言所思，你一一輪著聽，聽著不對勁的地方，讓耳朵來糾正，看哪一句話或念頭不像這人會說會想的。修稿的過程中，人物的聲音往往會發展得比寫初稿時更好。

整本書的聲音都如此。自己修稿的最大好處就是，你得全心貫注在自己的作品上。你得要一改再改，直到你覺得一切聽起來都很對，直到你自己可以相信你所寫的故事。

要當自己的故事造型師，你必須學會傾聽你自己的作品。這沒有訣竅，只能仔細聽、帶著情感聽，只要夠努力，終究，你會聽出你自己的聲音。

自我檢查與練習

說實在，我們想不出你在改善自己的聲音時應該注意些什麼——化身為某個人是沒有規則可循的，而開發聲音最好的練習，莫過於努力改好你的稿子。所以，去修改稿子吧，祝你好運。

附錄・練習解答

1·「演」與「說」

A 先從一個簡單的練習開始。作者在角色對話的中途跳出來向讀者作簡報，把這段簡述改寫成對白後，整個場景就流暢多了。

「老莫？老莫？」賽門說：「你在哪裡？」

「往上看，你這個傻瓜，我在屋頂上。」

「你蹲在那上面搞什麼鬼？」

「風信標終於送到了。」老莫說：「我不能整天等著你來安裝，所以我就自己爬上來啦。」

「進行得怎麼樣？」

「我還在研究說明書呢。」

「那你就下來吧，別摔死了。」賽門說：「我保證今天下午給你裝好。」

B

這是稍有不同的「演」和「說」。我們並不直接描述敘述者對柴叔的店的反應，而是直接描寫店鋪本身，讓讀者親身感受到那份衝擊：

我一直以為我跟柴叔很熟，直到那天我第一次踏進他的店裡。那是一個小小的空間，不比一般的廚房大多少，可是裡面裝得滿滿的。不，不是雜物，雜物不會排列得那麼整齊。是東西。兩面牆，從地板到天花板，全是你在圖書館地下室會看到的那種金屬架子，架子上整整齊齊擺滿了小盒子，盒子上都有標籤，像是「軸承與滾珠」或「角托架，3／8吋以上」什麼的。

再看看那些工具！金屬架子旁邊的角落裡有一個鑽孔機專用櫃，對面的牆邊則是一個車床。工作台上方有木板架，上面是兩排——整整兩排——螺絲起子；還有一排鎚子——從巨無霸大扁頭的到小不點尖頭的，有塑膠做的也有鉛做的，應有盡有。鉗子總共二十一把（我數過的），從一呎長的粗大傢伙到可以拿來箝毛的，都在那兒。還有些工具我根本認不得，那些東西顯然是專為某件活兒特製的，只為了把那活兒做到完美。

這些工具可不是給一般手巧的人用的。普通人的工具，放進車庫的一個大抽屜或箱子就夠了。不，這些工具的主人是個匠人。

C

當然，這個練習每個人做出來都不一樣，而我們是這麼做的：

羅傑離開西九公路，想抄個近路，但才五分鐘他就知道大事不妙。他已經通過了六個交叉路口，沒有一個是直角相交。

他停下車，藉著路燈的光線仔細看了看路標。女神台，這條路應該沒走過吧。於是他左轉進去。

連續左轉了兩次（莎那杜車徑、蕾納貝窄巷），右轉一次（甘美樂庭），又沿著幾條長而略彎的道路走了一陣子之後，他又回到了女神台。不可能是原來那個交叉路口吧？他都已經走了這麼遠了。可是豎在他面前的那座聖母像，看著實在眼熟。

不對，先前那座聖母像的前面種的是萬壽菊，而這座是……嗯，不同的花。

他搥打著方向盤。給我一條街吧，一條叫作什麼路、什麼道、什麼通的都好。給我一條中間畫著黃線的馬路，一條可以通往別的地方的路。

他停好車，走向聖母像後面的屋子。屋子裡住的應該是基督徒，會好心回應他吧。

「不好意思這麼晚打攪，我好像找不到路了。請問怎麼上西九公路？」

「沒問題，我想想喔。」那人踏上前廊，覷眼望著漆黑的外頭：「你就轉回頭，順著這歌舞女神台出去，直到貝拉薇車徑，你就在……我看看……」他扳著手指數：「第四個路口右轉——我一時想不起路名，然後第一個路口左轉，一直走到底。」

羅傑用手指著覆誦一遍：「這方向，開到貝拉薇，第四個右轉，第一個左轉，開到底。」

「就這麼簡單。」

「謝啦。」

二十分鐘後，羅傑面對著一座小小的方型房屋，前院立著一隻鐵鑄的鹿。莎那杜車徑。毫無疑問，跟剛剛的女神台也差不了太遠。他走向那間房子，拍打前門。

「找誰？」這人不老，頭也不禿，穿T恤，沒穿羊毛衫。

「可以借用電話嗎？」

「可以呀。」

十分鐘後，有輛計程車開到他的車後面，司機說：「怎麼回事，老兄？你的車壞了？」

「沒有，可是我快發瘋了。我只請你帶我回到西九公路就好。」

「沒問題，從這裡到西九公路，大約是六塊錢。」

羅傑很樂意地付了錢。「你好像並不驚訝。」

「有什麼好驚訝的？你是今年第三個。」

2．角色登場

A **要如何藉著場景來表現瑪姬這個人，當然得視你的故事情節而定。你可以使**

用一些火星文或流行語、或是設計出她和朋友之間專屬的特殊語言，來顯示她跟別人都不親，只跟同年齡的人玩在一起。

如果你設計的情節適合，你可以一次透露一點她的個性，來漸漸累積潛在的戲劇張力。故事一開始可以只提她的個性中比較好笑（但是典型）的一面，例如無窮的精力、厭煩身邊的所有人、滿腦子胡思亂想等等。然後，隨著劇情發展，你可以開始寫出埋藏在那份厭煩底下的恐懼，甚至可能帶有一絲絕望的意味。換句話說，你可以把瑪姬寫成活生生的人。

B

同樣的，要如何顯示本郡的改變，端視你想如何發展情節而定。把本郡的改變當成故事的背景會是個不錯的方法。例如說，你可以安排福列德在返回高中母校時迷了路，原因是他以前習慣的路現在變成了單行道。你也可以讓他回顧一下當年某處是誰家的農場、或者乾脆讓他向其他人抱怨五十九號公路直直穿過本郡的事。

3．觀點是強有力的工具

A　好，這題很容易。觀點大致上是在艾德和蘇珊之間轉換。第一段很清楚是蘇珊的觀點，因為這裡包含了她的內心獨白。第三段則是艾德的觀點（基於同樣的理由）。但從「沒時間了」這句開始卻像是全知觀點。蘇珊在客廳的時候，看不見艾德在廚房裡匆忙收拾；當艾德從後門溜出去時，也看不見蘇珊領著來看房子的人走進客廳。

你如果要用分隔線把整幕戲畫分成幾個場景，每個場景就只有一兩段長，這樣太短了。比較好的方法是全部都採用蘇珊或艾德的觀點，或頂多中間分隔一次。在這裡最好別用全知觀點，因為你希望讀者跟著艾德與蘇珊一同感受這份慌亂，全知觀點的敘述只會分散注意力。

所以答案是挑選一個觀點就好，然後堅持到底。也許可以讓蘇珊在火速整理客廳時，聽到艾德在廚房裡鏗哩匡啷的；不然就是讓艾德在偷溜出後門的時候，聽到蘇珊努力想把客人引到樓上去。

B

在這裡，觀點的游移是在更細節的部分。舉例來說，藍斯本人應該不會把紐約市的計程車特別稱做「紐約市計程車」，尤其如果他是紐約市民的話。而從他的觀點來看，他自己也不會「消失在人群之中」。

C

我們先用第一人稱，從一個八歲男孩的腦袋往外看：

數學老師正在黑板上講解減法什麼的。她剛剛才教訓了我們一頓，叫我們要「專心上課，長大之後會用到」，所以她暫時還不會往這邊看。隔壁桌的三迪正在寫紙條，準備傳給豬小妹愛迪絲。我則翻著英文課本，看裡面還有沒有沒看過的圖片。此時我抬起頭，望向窗外。

雪耶！

我突然就坐不住了。

只不過是從雲端飄下了幾片小雪花，恐怕連地面都碰不到，學校不會因為這樣就停課的。可是，現在才十月耶，就下雪了。而且，搞不好能碰到地面喔？最近好冷，那朵烏雲看起來很可怕——又黑又厚，雪好像還會下一陣子。

就這樣一直下到放學吧。就這樣下過剩下的數學課，下過英文課和說話課。要是真的能下到那個時候就太棒了。

啊呀，下雪了！

現在再用全知觀點寫寫看。此時不必受限於米契的人生閱歷，我們可以給敘述者一個比較成熟的聲音，甚至可以是個歷經滄桑的聲音。

在學校漫長而混亂的一天裡，第五節課大概算是最難熬的時刻了。午休和午餐時間已過，學生們心裡那一點期盼和興奮，早已消失殆盡。距離放學還有兩節課，想起來實在是太過遙遠的事。此時橫亙學生和米契眼前的，就只有無止盡的、辛苦的上課和學習。

所以，這無疑正是最完美的、降初雪的時刻了。

雪其實下得並不大，不過是稍稍提醒了：冬天已經來臨，大雪將會降下。但這已經足以激起米契的想像力，想像著滑雪橇、打雪仗，而其中最棒的就是學校會放假了。儘管他自己並沒有體認到，但他甚至隱隱期盼起了聖誕節。這幾片雪花代表了季節的變換，以及所有相關的一切。

放學這件事忽然變得美妙無比，而最後鐘聲響起前的漫長等待，就更令人難耐了。

接下來，再用第三人稱來寫。

第五節課總是最難熬的。數學老師正在黑板上賣力地講解減法，三迪寫了張紙條傳給愛迪絲，米契則懶懶地翻著他的英文課本。外頭有什麼細微的動靜抓住了他的眼角餘光，他於是往課桌旁的窗外抬頭一望。

雪！

還沒有太多雪——只時不時飄落幾片細小的雪花——但這不要緊。雖然才十月，秋天已然轉身離去，冬天來了，帶來了冬天的形形色色。那幾片小小的雪花，就代表了滑雪橇、跟姊姊打雪仗，甚至是學校放假。真希望雪能一直下到放學。

他忽然就覺得坐不住了。

4．比例問題

A **作者在此不僅花了太多時間描述我們不會再見到的人物，他給我們的許多細節也不是這兩位筋疲力竭、一心想完成比賽的跑者當時會注意到的。整段可以縮減成：**

快到最後一座山丘的時候，卡特又超越了兩位跑者。這兩人都起步很快，但此刻已耗盡力氣，漸漸慢了下來；他們已抬不起手臂，原本輕快的步伐也變成了吃力的挪動。

B **這裡的問題是細節太少，那杯水好像是憑空冒出來的。**

她走向水槽，伸手去拿杯子，然後轉開水龍頭。「小心蛋。」來不及了。艾迪正在揉眼睛，所以沒看到。他腳滑了一下，屁股坐到蛋汁上。他又哭了起來。

多蒂真想跟他一起哭。她丟下杯子，抓住艾迪的手臂，把他拉到水槽邊，用抹布把他的褲子盡量擦乾淨。

「別哭了。」她從水槽裡拿起杯子，重新裝滿水遞給他。「喝了，去換褲子。」

5·寫對話的技術

A

第一題滿容易的。作者用了很多怪異的方式來標示話是誰說的，有些地方還重複了；另外還有幾個副詞；直呼對方名字的次數多了一點，有些地方則是不用特別註明話是誰說的。在下面我們修改過的版本裡，主要只是刪掉多餘的部分，以及把一個「誰說」代換成一個動作（嘆氣）：

「你不會真的想把那垃圾放進你的身體裡吧？」

我放下那包餅乾，轉過身去。是佛列德，照過面的同事。

「你說什麼？」我說。

「你聽到我的話啦。」

我嘆口氣說：「佛列德，我看不出這跟你有什麼關係。」

「我只是關心你的健康。」他繼續說：「你可知道這裡頭放了什麼？」

「我不知道，佛列德。」

「我也不知道。這就是問題所在。」

B

修改像《大亨小傳》這樣的經典名著，當然是很冒險的事。有的人可能覺得我們把一些人物或是讓本書增色的細節給刪掉了。嗯，我們也認為容納些細節來增色是可以的，可是夾在對話裡就不太恰當。而且，費滋傑羅再怎麼是個文學天才，當他寫出「他對我們肯定地證實」這樣的文字時，表現得並不很出色。你倒說說，你能對誰「否定地證實」嗎？以下是我們提出的經典編審版：

「我還滿喜歡來這裡的。」露西爾說：「不過我人比較隨和啦，玩什麼都開心。上次來的時候我的禮服被椅子撕破，之後他問了我的姓名地址，結果還不到一個禮拜，克蘿莉禮服店就寄了個包裹給我，裡面是一件嶄新的晚禮服。」

「你收下了？」喬丹問。

「當然收啊。我本來打算今晚穿過來的，可是胸部那邊太寬得改。灰藍色，鑲有紫色珠珠，標價兩百六十五美金。」

「男人做這種事很怪耶。」另一個女孩說：「他不想跟任何人處不好的樣子。」

「妳們在講誰？」我說。

「蓋茨比。有人跟我說——」

那兩個女孩與喬丹把頭靠了過來。

「有人跟我說，大家都猜他殺過人。」

我們所有人都感到一陣驚悚。那三個之前不肯講清楚自己姓名的男人也湊了過來。

「我認為事情不是這樣。」露西爾抱持懷疑的態度反駁：「比較可能的是他在戰時當過德國間諜。」

三個男的之中，有一個點頭表示附和。

「我也這麼聽說。告訴我的那個人從小跟他一起在德國長大，對他的底細一清二楚。」

「才不是這樣。」第一個女孩說：「不可能，因為大戰的時候他正在美國部隊裡當兵啊。」我們轉而傾向相信她的話，於是這個女孩身子前傾，又說：「你們可以趁他以為沒人在看他的時候觀察他，我賭他殺過人。」

6．用耳朵改稿

A 四個水手用完整、精準、正確的句子閒扯淡，實在太假了。第一段和倒數第二段讀起來都像短篇演講，我們稍加增減，把這兩段拆解掉，將對白分散到幾個人物身上。我們也把末兩段中的雙引號去掉了——引號的用法通常是帶

反諷的意味，我們在第十一章談過。然後添加幾個縮寫字和一句粗話。修改後的版本如下：

他們靜靜坐了好一會兒，緩過氣來。蓋茨轉頭對惠勒說：「小夥子，我們這夥人一起潛水好些年了，相處十分融洽。你新來，我們聽說你很棒，但終究是新來的。」

「你的意思是？」

「你不反對我們問你一兩個問題吧？」

「儘管問。」

「在不減壓的情況下，你在三個大氣壓力深度停留的時間最長是多久？」

「美國海軍潛水壓力表規定，在六十呎深度可停留六十分鐘，然後按照標準上升速率返回水面。如何？」

「很好。」尼克說：「歡迎加入。」

「我們不是要刁難你，小夥子。」蓋茨說：「我們常常得要開十小時的車才找得到好醫生，而這整個國家他媽的根本沒有減壓艙。我們可不敢超過壓力表規定。」

洛伊咧嘴笑了：「你是說我們不敢老是超過壓力表規定吧。」

B

這題有點像「大家來找碴」那種題目。你看得出有好幾個問題，但麻煩的是你得盡可能一個都不漏掉。我們修改過的場景是這個樣子：

我從修車店的前窗往裡頭窺伺，沒有用，因為自從人類登上月球以來，光線就穿不透這窗子。

我輕輕敲門，問：「有人在嗎？」

一個男人從店裡出來，穿著油不拉嘰的工作服，拉鍊拉到一半，胸前口袋上繡著名字「列斯特」。我希望他沒有穿著這身衣服鑽進我的車。列斯特把雪茄菸頭從嘴裡取出，在我腳邊吐了一口痰。

「呀，你有什麼事？」

「嗯，我姓鮑，我來取車。車修好了嗎？」

「等一下。」他轉身走回店裡，拿起一塊油不拉嘰的寫字板，板子上夾著厚厚一疊表格。「你說姓什麼，彭先生？」

「鮑先生。」你這個白癡。

「噢，是噢。」他捏著那疊表格，前前後後地翻。「沒看見你的，鮑先生，不好意思。」

「什麼話，不好意思？我的車明明在你這兒，修沒修好是另一回事。」

「聽我說，先生，你想呢，我哪有空跟每個顧客都搞熟？你也許是鮑先生，也許是他表哥，說不定你還是州長大人哩，誰曉得。」

「我可以給你看駕駛執——」

「那個沒有用。除非你有文件，跟我手上同樣的文件，我是不會給你車的。照我看，你根本沒在這夾子上，沒你這個人。」

7・內心獨白

A　這篇的技巧真糟，敘述的距離一下子近、一下子遠。我們把它改得比較一致：

「小姐，打擾一下，我馬上要在二〇六室主持一個研討會，需要借一台投影機。」

站在視聽室門口的這個人，竟然穿著格子呢外套，手肘處鑲著皮補丁。典型英國教授模樣，但他需要的其實是一根菸斗。

「好啊。」金白莉說：「你想借投影機或別的什麼，你得事先填好表格，這樣我們才能，嗯，排好次序，然後——」

「我知道。我三星期前就送出申請表了。」

「你去研討室看過了？」

「去了，投影機沒在那兒。」

啊，真是的，她昨天才從艾德手上接下這份工作，馬上就遇上了大差錯。「好吧，你有沒有，那個什麼，你的課表？」

他把手提箱啪地打開，手伸進去，取出一張很眼熟的綠色卡片：「這就是。」

「好，等我一分鐘。」

她鑽進辦公室，挖出夾著所有申請書的筆記板。幾分鐘後，那人伸頭進辦公室。

「小姐，」他說：「我不想遲到。」

「你的課程編號是？」

「A3205。」

她又查了一遍所有表格。根本就沒有A3205。「教室編號是？」

「剛才告訴過你了，二〇六。你就現在給我一台投影機，不行嗎？我可以自己扛過去。」

「不行，我們沒有多餘的。你要一台，我們就得查清楚該給你的那一台跑到哪兒去了。」她又把表格翻了一遍，忽然她找到了。「好，問題是這樣。我這裡的註記是二〇六教室的課程是A9631，『在家做新鮮嬰兒食品』。投影機應該就在那裡。」

「小姐，投影機不在那裡。」他說：「所以我來找你。」老天，到底該怎麼做才能討這個人歡心？「你確定不在那兒？你有看過儲物櫃嗎？」

「二〇六室沒有儲物櫃。」

「一定有的，那是餐廳旁邊那間大教室，對吧？」

「不對，那是電梯附近的小房間。你在這裡工作多久了？」

「久到很熟悉這棟大樓了。你是穿過天井到這邊的嗎？」

「嗯啊，是，沒錯。」

「是這樣的，我們不處理大樓那邊的事情。你得找P棟的視聽室，就在樓下，會計室旁邊。」

「噢，這樣啊。」他看看錶。「好，謝謝你。」

「嘿，沒什麼，很高興能為您服務。」

B

我們把這段文字改得稍微口語一點，細節描述的部分也改成比較貼近人物的口吻（每天早晨都會走的路，溫士敦本人應該不會去想路名才對）。

已經兩星期沒下雨了，枯葉在腳下喀嚓喀嚓響。等回到家之後，溫士敦得從地下室拿出水管來給園子澆澆水。正要踏上戴蒙農場的地界時，他停下腳步。是木頭燃燒的氣味嗎？天這麼暖，不會有人燒柴的。是森林野火？還是又有鄰居沒事先申請許可，就擅自焚燒枯枝？

C

我們再次有機會修改大作家的文字。當然這會冒點風險，不過愈是好作家，愈該有好編輯為他們仔細修稿。以下是我們為三位當代大師所作的修正：

「要知道，」史邁力說：「要知道，我們對道德的堅持不會鬆懈。自利為己太小器了，權宜行事也一樣。」他又打住，仍然深深沉浸在自己的思想裡。「我要說的，我想是，如果你時不時受到人性的誘惑，希望你不要因此認為自己軟弱，而應該給它一個機會，聽聽它怎麼說。」

啊是了，袖扣。喬治是在回想那老人。

——勒卡雷，《祕密的朝聖者》

「你去過嗎？你年輕的時候？」

「我去跳過舞。」醫生說：「我專門幫人倒可樂，我非常擅長分派可樂給每個人。」他扶她坐上椅子。「好啦，我能幫你什麼忙？」

阿曼達把筆記本放到地板上，告訴他她來此的目的。

老天爺。到底還要行醫多少年，他才學得會不要對任何事感到驚訝？

——愛倫．吉兒克萊斯，《天使報喜》

這不是戴立許的案子，他不能強力阻止梅爾，但他至少可以確保通往屍體的一路上不要受到破壞。他二話不說，領頭前行，梅爾跟在後面。但是……為何他堅持一定要看屍體？是要讓自己確定她、真的、死了？科學家非得認證、實證不可？還是說，想像比親眼見到更恐怖，他想要袪除這份恐怖？又或者是，因為只要警方一來，調查謀殺案的各種官樣手續展開之後，便會玷汙了他倆之間曾有過的那份親密，而他卻有著更深層的衝動，必須在警方抵達之前、在黑夜的寂靜與寂寞中，站在她的屍體旁向她告別？

——P. D. 詹姆斯，《死亡賞味》

8・小動作

A 這篇的每行對白中間，都至少夾雜了一個小動作，有的還挺老套的（例如踢輪胎），而有的又寫得太詳細了（打開引擎蓋的地方就用了三個動作）。把沒用的枝節剔掉看看：

「你確定它能跑？」戴先生說。

我倚著擋泥板。「上次我試開，能跑。」

「這樣啊，那是什麼時候的事？」

「就上週，你聽聽看。」

我鑽進前座，發動引擎。引擎點著了，之後又噗哧一下，熄火了。我踩了一兩下油門，重新啟動，這次它發動了，咕嚕咕嚕哼著。

「嗯，我想想。聽起來是好的，可是車身不好看。」他踢踢擋泥板，上面的鐵鏽掉落了一些粉末在地上。

「噯，三百塊錢，你還想買到什麼？」我稍稍踩重一點油門。「我是說，聽聽，引擎跑得像新的一樣。你再開兩萬公里都沒問題，至少兩萬。」

他盯著一個車輪罩的內部看。「只要輪胎別掉下來就行。」

「行李箱裡有個備胎。好了，你考慮得怎樣？」

B

這篇呢，你需要加些小動作進去。以這個例子來說，小動作能給對話增添韻律感，呈現出隨著強烈情緒而來的猶豫不決。

「你真的認為這樣做好嗎？」她說：「我是說，你在加州一個熟人也沒有。」

「我真的這麼認為。」月光下，她看得見他躺在那兒，雙手墊在腦勺下面，瞪著天花板。「反正我也沒別的辦法。哪兒有工作，就得去哪兒。」

「孩子們怎麼辦？」

他翻過身來面對她說：「甜心，我又不是一去不回了。我一穩定下來，就接你們過去。」

「好啊，但那要等多久？你去了會住在哪，要找什麼工作，要怎麼在那兒生活？」

「我帶了帳篷去，不然我也可以睡在車上。而且，我會在一週內找到工作的，我跟你保證。」

「我……」她的手在被單下扭著。「我就是害怕。」

他把手伸向她，將一縷落在她眼睛上的頭髮撫開。「我知道，我也一樣。」

9．分段，調整節奏

A

文字稿當然不同於廣播獨白，何況本篇主角是沃必剛湖的居民。不過我們仍然覺得可以給它加點力。

沃必剛湖本週平靜無事。星期天早晨，本生踏進淋浴間，轉開水龍頭，水是冷的。但他是挪威人，知道得將就些，於是站在那裡等水變熱。當他伸手拿肥皂時，他確定他是心肌梗塞了。他在《讀者文摘》上看過一篇文章，講一個男人心臟病發的故事（〈我最難忘的經歷〉），現在他覺得就像故事裡所說的一樣——胸口痛得像是被鐵條勒緊了。

本生抓住蓮蓬頭，故事後面的部分像是在他眼前閃過：救護車來了，衝去急診室，心臟科團隊在他身上做手術而他毫無知覺，然後是漫長緩慢的復健過程，對人生有了全新的看法。

可是正當他想像著這些即將發生的事，心臟麻痺的感覺卻減輕了。文章裡說徵狀會像是被大象踩踏，而這個呢，比較像是一條大狗，然後像是有人吹了聲口哨，狗就跑了。

所以他不是心臟病發，也就沒有了後面的故事。本生覺得好多了。

B

每當換人說話的時候，就該另起一段；小動作稍微減少些，然後把比較長的對話拆解開來，稍作增減。

吉娜瞪著廚房水槽上面掛著的蜘蛛蘭看。大部分的葉子都枯黃了，有的邊緣已經成了褐色。

「我真不敢相信。」她說。

「什麼？」艾德說。

「一個月前我才給了你這盆栽，看看它現在成了什麼樣子。」她伸手輕碰一片葉子，葉子就掉在她手上。「我說，這是一盆蜘蛛蘭，沒人管照樣能活的，你怎能這麼快就把它折騰成這樣？」

「我不知道。我照你說的，每週澆一次水。我還給它施肥，有一次我在五金店買的。」

「什麼肥料？」

「就是那種藍色粉末，溶在水中，一湯匙的粉末兌一公升的水。」

一湯匙？「艾德，把那肥料拿給我看看。」

他打開水槽下的櫥櫃門，摸索了一陣，拿出一個貼了圖片的盒子。她接過來，瞄了一下說明。

「照這上面說的，你應該用一茶匙的這個兌一公升的水。」

「噢，這樣，那真相大白了。」

10．講一次，通常就夠了

A **點子不錯，可惜用力過度，破壞了笑點。單身漢公寓的細節可以略減，這場景會更精采。另外，我們把天鵝絨長椅改成緞面的，以免重複使用「天鵝絨」一詞。**

「進來吧，別害羞啦。」

我倒不是因為害羞才沒走進去。這是我第一次造訪單身漢的公寓，一切景況竟然跟傳聞一模一樣，讓我嚇了一跳。

牆上掛著天鵝絨的貓王畫像，畫像下方是藍色緞面的長椅，粗毛地毯是橘色的，這些也都罷了。甚至電視機前面，有好些個香菸燒痕的深棕色塑膠躺椅，也都不算什麼。最讓我起疑的是天花板上看不出是什麼東西的污痕。再加上，合成樹脂咖啡桌上有磨損的痕跡，看來像是有人在上面跳過踢踏舞。還有電視天線，是拿衣架掰彎了充當的，上面還掛了一件汗衫，想來是髒的，不過我並不想走過去確認。

「喜歡嗎？」他說：「昨天我花了一整天清理，就為了你。」

B

沒錯，我們是需要知道一點克蘭西的狀況，可是作者跟我們說了太多次他多麼無聊——何況他不過是個小角色，之後就不會再見到他了。我們修改如下：

克蘭西是瑪莉琳轉介給唐納、唐納轉介給蘿絲、蘿絲再轉介給我的。我這些同事把這人轉介來轉介去說起來並不好，但我也不能怪他們。城裡有這麼多有趣的人需要治療師——有變裝癖的電視製作人、犯毒癮的女明星、工作狂的廣告經紀商、憂鬱到要發瘋的華爾街大亨——所以實在不需要要忍受像克蘭西這樣的病人。他是皇后區一家小型岩鹽分銷公司的會計，害羞膽小，說話帶鼻音，漫天閒扯又慢吞吞的，你等他吐出下一個字的時候可能就睡著了。他談的主要是關於他效忠了十年的老闆，每年給他區區四萬二千美元，要他經年累月加班，還沒有加班費，偏偏克蘭西對老闆死心塌地。克蘭西實在是個好人，可是他的問題很小、很小，而且無聊。

11・精緻，而且自然

A 這一題的要領當然是刪除奇奇怪怪的「誰怎麼說」的花樣，以及內心獨白的表現方式，但仍要保留原著的風味。我們試著這麼改：

這時候，八兩一直努力試著想收起雨傘，把自己包在裡面，這怪異的舉動把愛麗絲的注意力從氣呼呼的半斤身上移了開來。八兩最後跌滾在地，被傘綑住了，只剩下頭在外面。他就躺在那裡，嘴巴和大眼睛開開闔闔，看起來不像別的，活像一條魚。

「你當然同意開戰吧？」半斤的語氣比較冷靜了。

「大概吧。」另一位爬出雨傘：「不過她得幫我們打扮，你知道的吧。」

於是兩兄弟手牽手走進樹林裡，一會兒之後又回來了，四隻手全拿滿了東西——墊子、毯子、壁爐地毯、桌布、碗碟蓋布，以及煤桶等等。

「我希望你很會別別針、綁鞋帶？」半斤說：「所有這些東西都得要弄上身，不管你用什麼法子。」

愛麗絲這輩子從來沒見過這種騷動忙亂——像這兩人這樣奔來跳去，把那麼多東西安到身上，叫她使盡力氣費盡功夫綁繩子、扣鈕扣。說真的，他們打扮好了準會像兩團舊布綑！

「把抱枕包在我脖子上。」八兩說。

愛麗絲盡可能地把抱枕包上他的脖子。「這是做什麼呢？」

「做什麼？噯，當然是免得頭給砍斷啊。要知道，在戰鬥中最嚴重的事情，就是頭給砍了。」

B

是的，這題裡什麼毛病都有。我們甚至為了頁數篇幅的關係，把披薩送貨員的描述減少了。

「可是艾妮甜心，我發誓我根本沒走近史密斯旅館！」

「海倫可不是這麼說的。」艾妮說。

文索感覺自己像個小男孩，手拿球棒站在打破的窗戶前面。但窗戶並不是他打破的。

「艾妮，你怎能聽信專門製造麻煩的大傻瓜海倫的胡說八道呢？上星期才……」

門鈴響了起來。

艾妮把雪茄放在手肘邊的菸灰缸上，走去開門。

一個高個子年輕人遞出一個熱騰騰、香噴噴的方盒子：「你們叫了披薩對吧？」

「文索甜心，」艾妮轉過頭喊道：「這是你幹的好事嗎？」

國家圖書館出版品預行編目(CIP)資料

故事造型師：老編輯談寫作的技藝 /
蕾妮.布朗(Renni Browne), 戴夫.金恩(Dave King)著；尹萍譯.
-- 初版. -- 臺北市：雲夢千里文化 2014.05
面；　公分
譯自：Self-editing for fiction writers, second edition
ISBN 978-986-89802-5-9(平裝)

1.小說 2.寫作法

812.7　　　　103005075

寫吧 03

故事造型師

老編輯談寫作的技藝

SELF-EDITING FOR FICTION WRITERS, SECOND EDITION

作　　者：蕾妮・布朗 / 戴夫・金恩（Renni Browne / Dave King）
譯　　者：尹萍
總 編 輯：康懷貞
協力編輯：陳旻毓
行銷企劃：陳旻毓
裝幀設計：李岱玲
校　　對：席莫

發 行 人：康懷貞
出版發行：雲夢千里文化創意事業有限公司
地　　址：104 台北市中山區南京東路一段 2 號 3 樓
電　　話：(02) 2568-2039
傳　　真：(02) 2568-2639
網　　址：somewhereelse.tw
服務信箱：somewhere.else123@gmail.com

法律顧問：蔡昆洲律師
總 經 銷：大和書報圖書股份有限公司
地　　址：242 新北市新莊區五工五路 2 號
電　　話：(02) 8990-2588
傳　　真：(02) 2299-7900

ISBN：978-986-89802-5-9
出版日期：2014 年 5 月 初版 1 刷
　　　　　2016 年 11 月 初版 7 刷
定　　價：360 元

雲夢千里
Somewhere Else